Jens de Jonge

# Mobbing und Hass im Netz

**Wenn selbst Trauer keine Grenze ist**

AF280508

Jens de Jonge

# Mobbing und Hass im Netz

## Wenn selbst Trauer keine Grenze ist

Bibliografische Information der Deutschen Nationalbibliothek: Die Deutsche Nationalbibliothek verzeichnet diese Publikation in der Deutschen Nationalbibliografie; detaillierte bibliografische Daten sind im Internet über http://dnb.dnb.de abrufbar.

Verlag: BoD · Books on Demand GmbH, In de Tarpen 42, 22848 Norderstedt, bod@bod.de

Druck: Libri Plureos GmbH, Friedensallee 273, 22763 Hamburg

ISBN: 978-3-8423-2725-2

# Vorwort

Dieses Buch ist allen Menschen gewidmet, die durch Mobbing, Hass und Hetze, egal ob im Internet oder im realen Leben, Leid ertragen mussten und vielleicht auch noch immer ertragen müssen. Niemand sollte jemals das Opfer von Mobbing und Hetze werden, denn das Verhalten einiger Menschen kann schnell für die Betroffenen zu viel werden – mit teils fürchterlichem Ausgang.

Ich erzähle Ihnen auf den folgenden Seiten dieses Buches unsere Geschichte. Die Tatsache, wie meine Familie und ich nach dem Tod unserer Tochter in den sozialen Medien angegriffen wurden, soll für außenstehende Leserinnen und Leser ein Beispiel dafür sein, wozu Menschen fähig sein können. Jahrelang waren Verleumdungen, Beleidigungen und rufschädigende Äußerungen an der Tagesordnung. Auch jetzt gibt es einen hartnäckigen Kern, der noch immer versucht, uns das Leben schwer zu machen. Die vermutete Anonymität des Internets ermöglicht es leider einigen Menschen, nicht nur eine Meinung zu haben, sondern auch anderen Menschen zu schaden.

Wenn selbst der Tod eines Kindes keine Grenze mehr darstellt, was ist dann aus unserer Gesellschaft geworden?

Ein ganz besonderes Dankeschön geht natürlich an die Damen und Herren, die über viele Monate hinweg nahezu nichts ausgelassen haben, um immer wieder ihre Sichtweise und Kritik, in teils sehr herablassender Art und Weise, zu verbreiten. Genau dies führte am Ende dazu, alles in diesem Buch festzuhalten, um Sie als Leserin und Leser auf unsere ganz persönliche Reise mitzunehmen. Sie werden feststellen, zu welchen Dingen Menschen imstande sind, und einen sehr tiefen Einblick erhalten, wie Mobbing und Hetze von fremden Menschen unsere eigene Trauer beeinträchtigt haben.

Aber dieses Buch soll auch dazu beitragen, dass sich Opfer von Mobbing und Hetze, aber auch die Täter wiederfinden. Ob es etwas verändern kann, bleibt fraglich. Wenn aber nur ein Mobbingopfer durch das Buch einen gewissen Halt findet oder nur ein Täter zu dem Entschluss kommt, etwas Falsches getan zu haben, hat es schon einen wertvollen Beitrag für die Gesellschaft geleistet.

Bitte sehen Sie es mir nach, dass ich davon Abstand genommen habe, einzelne Beiträge als Screenshots in diesem Buch zu veröffentlichen. Die hohe Wahrscheinlichkeit, dass sich einzelne Damen und Herren davon verleiten lassen könnten, gegen dieses Buch vorzugehen, wollte ich nicht riskieren.

Anstelle von Screenshots habe ich mich aber dazu entschlossen, einzelne Beiträge oder Kommentare im Originalwortlaut niederzuschreiben und somit wiederzugeben. Auf eine Korrektur der Rechtschreibfehler habe ich bewusst verzichtet, um die Originalität der Aussage nicht zu verzerren.

Vielen Dank für Ihr Interesse und denken Sie immer daran, dass wir alle dazu beitragen können, dass Mobbing und Hetze niemals gewinnen dürfen.


Herzliche Grüße,

Ihr

Jens de Jonge

# Das sind wir

Gemeinsam mit meiner Frau Claudia und unseren drei Söhnen Julian, Manuel und Alexander lebe ich in einer kleinen Stadt in Südhessen. Unser viertes Kind, unsere Tochter Katharina, starb im April 2023 nach fünf Wochen kurzer schwerer Krankheit und lebt seitdem immer in unseren Herzen weiter.

Neben meinem Hauptberuf bin ich zwischenzeitlich als Psychologischer Berater und Trauerbegleiter tätig, um Menschen in herausfordernden Lebenslagen zu begleiten. Seit meiner Zeit als Teenager habe ich viele Schicksalsschläge und Herausforderungen erlebt. Auch die Diagnose um den Gendefekt, die wir kurz nach der Geburt von Katharina erhielten, und ihren viel zu frühen Tod stellten uns als Familie oft auf die Probe.

Der Tod von Katharina war es dann allerdings, der den Weg für mich und meine Tätigkeit ebnete. Aber lassen Sie uns doch etwas weiter zurück beginnen und ich erzähle Ihnen, wie sich unsere Familie entwickelte.

Claudia und ich lernten uns im Jahr 2002 in einem Online-Chat kennen. Für mich war es Liebe auf den ersten Blick, doch Claudia war zunächst nicht so davon überzeugt, dass diese Liebe funktionieren könnte. Immerhin bin ich vier Jahre jünger als sie. Doch es half alles nichts und irgendwie eroberte ich doch ihr Herz. Bereits ein Jahr nach unserem ersten Kennenlernen läuteten die Hochzeitsglocken. Heute können wir mit Stolz auf Jahrzehnte bedingungsloser Liebe zurückschauen. Man kann wohl sagen, dass wir füreinander bestimmt sind, denn es gab reichlich Höhen und Tiefen in unserer Partnerschaft.

Julian, unser ältester Sohn, stammt aus einer früheren Beziehung von Claudia. Ich nahm Julian von Anfang an wie mein eigenes Kind an und habe ihn auch adoptiert. Zwei Jahre nach unserer Hochzeit wurde unser Sohn Manuel geboren und noch einmal zwei Jahre später unser Sohn Alexander.

Als wir schon gar nicht mehr damit gerechnet hatten, wurden wir mit unserer kleinen Prinzessin Katharina beschenkt, die uns zu unserem Glück noch fehlte.

Was wir bei ihrer Geburt noch nicht wussten, sorgte in unserem Leben für einige besondere Momente und Herausforderungen. Erst einige Monate später erfuhren wir, dass Katharina doch nicht so gesund zur Welt kam, wie es anfangs schien. Durch einen angeborenen Gendefekt entwickelte sie sich nicht altersgerecht. Sie konnte in den Jahren ihres Lebens weder alleine sitzen noch alleine essen und auch nicht sprechen oder laufen. Katharina war zwar immer auf unsere Hilfe angewiesen, aber dennoch war sie ein wahrer Sonnenschein.

Nach anfänglichen Schwierigkeiten, diese neuen Herausforderungen auch annehmen zu können, arrangierten wir uns als Familie nach und nach mit dieser neuen Situation und versuchten, Katharina wie ein gesundes Kind zu behandeln. Sie war immer ein besonderer Teil unserer Familie und ist es auch heute noch, wenn wir uns liebevoll an sie erinnern.

Der Gendefekt, an dem Katharina litt, war selten. Als wir davon erfuhren, gab es deutschlandweit nur ungefähr acht bekannte Fälle. Weltweit waren es etwa 50 Kinder und Jugendliche, bei denen dieser Gendefekt nachweislich vorlag.

Niemand wusste, wie Katharinas Entwicklung verlaufen würde. Auch zur Lebenserwartung konnten uns die Ärzte keine verlässliche Aussage geben. Es war niederschmetternd. Besonders für Claudia, die sich immer ein Mädchen gewünscht hatte, brach eine Welt zusammen. Wie eine Seifenblase drohte die Vorstellung einer glücklichen Zukunft zu zerplatzen. Würde Katharina jemals ein Leben ohne Hilfe führen können? Würde sie heiraten oder Kinder bekommen können? Es gab keine Glaskugel, die wir hätten fragen können, und keine Fachbücher, die uns die Richtung hätten zeigen können.

Besonders in den ersten Monaten nach der Diagnose suchten wir händeringend nach Antworten auf so viele Fragen. Hauptsächlich interessierte uns natürlich, wie sich der Gendefekt entwickeln würde und welche Auswirkungen die Einschränkungen für Katharina und ihr weiteres Leben haben würden. Doch außer einer Studie, die sehr medizinisch formuliert und in englischer Sprache nicht leicht zu verstehen war, gab es keine nennenswerten Informationen.

Damit wollten wir uns nicht zufriedengeben und begannen, eine Homepage zu erstellen, über die wir einerseits über den Gendefekt aufklären, aber auch andere betroffene Familien finden wollten. Die Hoffnung, dass Katharina eine positive Entwicklung durchlaufen würde, blieb immer Teil unseres Lebens und wir versuchten durch Hilfsmittel, Therapien und alles, was in unseren Möglichkeiten lag, sie zu fördern. Mit der Liebe, die uns alle verband, konnten wir alles schaffen.

Es war für uns zu jedem Zeitpunkt wichtig, dass wir für Katharina alles machen würden, um ihr ein lebenswertes und schönes Leben zu ermöglichen. Dazu gehörte für uns, so mit ihr umzugehen, wie wir es auch mit unseren Söhnen machten. Auch sie gaben uns zu jedem Zeitpunkt das Gefühl, dass sie Katharina so akzeptiert hatten, wie sie war – ein liebevolles und freundliches Mädchen, das von ihrer Familie unendlich geliebt wurde.

Über das Leben von Katharina sind bereits zwei Bücher erschienen, in denen ich ausführlich die gemeinsamen Jahre beschreibe. In „Katharinas besondere Welt", das im Jahr 2013 erschienen ist, wird von den ersten beiden Jahren in Katharinas Leben berichtet. Dabei versucht die Erzählung, diese Zeit aus Katharinas Augen zu sehen. Ihr Schutzengel Jonathan begleitet sie in dieser Zeit.

Das zweite Buch „Katharinas besondere Seelenreise" erschien genau zehn Jahre nach dem ersten Buch, im Herbst 2023. Es beinhaltet das gesamte gemeinsame Leben unserer Tochter mit uns als Familie, von ihrer Geburt bis zu ihrem Tod.

Ein Buch von Claudia über die Zeichen von Katharina, die wir nach ihrem Tod erlebt haben, ist unter dem Titel „Niemals ganz weg" erschienen.

Warum ich das erzähle? Weil es für das Verständnis der Vorkommnisse, die ich in diesem Buch beschreibe, eine wichtige Rolle spielt, wie Sie später feststellen werden.

# Die sozialen Medien

Katharina berührte zu Lebzeiten viele Menschen, die ihr über die Facebookseite „Katharinas besondere Welt" folgten und bis heute unser Leben begleiten. Claudia hatte diese Seite über viele Jahre mit ihr aufgebaut. Auch in TikTok verfolgen einige zehntausend Menschen die Beiträge über unser Leben. Zu Beginn, als die Facebookseite eröffnet wurde, trug sie noch den Namen „Hilfe für die kleine Katharina". Dieser Name entstand damals im Rahmen eines Spendenaufrufs für ein rollstuhlgerechtes Fahrzeug. Es war der Start einer über zehn Jahre andauernden Präsenz in den sozialen Medien mit mehreren tausend Followerinnen und Followern.

Obwohl kaum jemand dieser vielen Menschen in den sozialen Medien unsere Tochter oder uns persönlich kennt, schaffte es Katharina mit ihrer wunderbaren Art, viele Menschen zu berühren. Ihr Lächeln war immer warmherzig und kam aus tiefstem Herzen.

Es war vermutlich genau das, was die Menschen dazu gebracht hatte, der Seite zu folgen und am Leben unserer Tochter und unserer ganzen Familie teilzunehmen.

Claudia war es von Beginn an wichtig, authentisch zu berichten. Sie teilte den Alltag mit Katharina und unserer Familie mit uns fremden Menschen im Internet. Manchmal erzählte sie offen und teilweise auch schonungslos, wie das Leben mit einem Kind, welches besondere Bedürfnisse hat, sein kann. Es waren positive und negative Dinge, glückliche und traurige Momente. Man kann sagen, es waren alle Dinge, die uns als Familie in unserem Leben bewegt hatten.

Wer Claudia kennt, weiß, dass sie ein sehr offener Mensch ist und kein Blatt vor den Mund nimmt. Vermutlich trifft die Aussage zu, dass sie tatsächlich stark polarisiert, und möglicherweise würden manche Menschen sogar sagen, dass es nur zwei Möglichkeiten gibt – entweder man mag Claudia oder man findet sie schrecklich. Dies zu bewerten soll nicht Gegenstand des Buches sein und liegt sicher im subjektiven Eindruck des Betrachters.

Auf der bereits erwähnten Facebookseite entwickelte sich nach der Erstellung schnell eine große Anteilnahme und auch Hilfsbereitschaft für unsere Tochter. So gab es bei der Beschaffung des rollstuhlgerechten Fahrzeuges, neben Zuwendungen durch Stiftungen und andere Organisationen, auch eine große Unterstützung durch die Followerinnen und Follower. Auch einige Jahre danach, als das Badezimmer barrierefrei umgebaut werden musste, unterstützten Menschen über Facebook diese Maßnahme.

Im Laufe der Jahre von Katharinas Leben, in denen die Facebookseite immer mehr Menschen erreichte, nahm die Anzahl der Personen stetig zu, die an Katharinas und unserem Leben teilnehmen wollten. Es erreichten uns oft auch Geschenke, beispielsweise zu besonderen Anlässen wie Weihnachten oder Geburtstagen.

Es war für Claudia in den ganzen Jahren nicht leicht, dass Katharina nicht so mit Dingen spielen konnte wie andere Mädchen in ihrem Alter. Oft wünschte sich Claudia, dass sie gesund wäre, und wollte ihr ganz normale Spielsachen schenken.

Trotz ihrer Einschränkungen wollten wir versuchen, ihr ein nahezu normales Leben zu ermöglichen. Zusätzlich war es natürlich auch nicht immer leicht, etwas zu finden, womit man Katharina sozusagen eine Freude machen konnte. Auch hierbei war es Claudia immer wichtig, offen und direkt mit den Followerinnen und Followern darüber zu sprechen.

Die wunderbare Unterstützung, die uns immer wieder erreichte, war sehr unterschiedlich. Während einige liebe Menschen selbst genähte Kleidung für Katharina schickten, sendeten andere auch Mulltücher, die Katharina in großen Mengen brauchte. Wieder andere kauften sogar Spielsachen und andere Geschenke. Ja, sogar unsere Jungs und wir als Eltern wurden nicht vergessen, wenngleich natürlich Katharina hauptsächlich im Vordergrund stand.

Immer wieder gab es Nachfragen, was Katharina oder ihre Brüder sich wünschten, und die Beantwortung der Fragen brauchte oft schon ordentlich Zeit. Hier kommen nun Wunschlisten ins Spiel, aber dazu später mehr.

Ich hätte es nicht für möglich gehalten, aber nicht jeder Teilnehmer der Gemeinschaft in den sozialen Medien fand dies gut und so gab es dann auch negative Stimmen.

Konnte es wirklich sein, dass Menschen einem kleinen Mädchen mit Handicap etwas nicht gönnten? Vielleicht werden Sie nun sagen, dass man in der Öffentlichkeit auch mit Kritik umgehen muss, und tatsächlich haben Sie damit auch gewissermaßen recht. Welches Ausmaß diese sogenannte Kritik jedoch noch annehmen würde, dazu kommen wir an späterer Stelle in diesem Buch noch ausführlich zurück.

Am Anfang nahm sich Claudia das alles sehr zu Herzen. Sie hinterfragte Vieles und tauschte sich mit anderen Menschen aus. Sie alle fanden nichts Schlimmes an der Seite oder ihren Beiträgen und konnten auch so einige Kommentare nicht verstehen und nachvollziehen.

Das war allerdings der Moment, ab dem sich insgesamt der Umgang mit Kritik veränderte. Manche Diskussionen, auf die man reagierte, uferten aus und fanden kein Ende. Immer schien es den Verfasserinnen und Verfassern der Kommentare darum zu gehen, im Recht zu sein.

Nach jeder Antwort folgte ein weiterer Kommentar der gleichen Person und das ging manchmal lange hin und her.

Claudia entschied damals, dass sie negative Kommentare nicht mehr zulassen und die Verfasser blockieren würde. Eigentlich macht das ja auch Sinn, denn diese Menschen verurteilten etwas, das sie sich freiwillig nicht anschauen mussten. Sie fanden den Weg aber nicht alleine von der Seite und wurden deshalb blockiert.

Auch darüber, ob man jemanden blockieren muss, kann man geteilter Meinung sein. Jeder Seitenbetreiber regelt das auf seine eigene Weise. Letztlich ist es aber auch eine Art Selbstschutz, denn es war unser Alltag und unser Leben, über das Claudia berichtete, und gewisse Dinge, ob man sie mochte oder nicht, gehörten dazu.

Viele Jahre vergingen und aus der anfänglich kleinen Facebookseite ist zwischenzeitlich eine Gemeinschaft mit über 85.000 Menschen geworden, die sich mit uns gefreut, aber auch gebangt und geweint haben.

Mir selbst war lange Zeit überhaupt nicht bewusst, wie groß und vielfältig diese Gemeinschaft doch war und welche positiven, aber auch negativen Momente es gab.

Erst nach Katharinas kurzer schwerer Krankheit und ihrem Tod wurde mir das richtig deutlich. Ich fing jetzt an, mich damit zu beschäftigen.

Nun war ich aber auch erstmalig mit den kritischen Äußerungen in Berührung gekommen und verstand anfangs nicht, wieso Menschen so reagieren. Ich fragte mich immer wieder, wieso man sich etwas anschaut, was man doch eigentlich gar nicht sehen will, und dies auch noch kommentieren muss.

Mehrheitlich standen die Menschen aber hinter uns und diese Tatsache war wichtig. Diese Menschen auf der Facebookseite und in TikTok trugen uns auch in unserer schwersten Zeit durch unsere Trauer und durch das, was wir nach Katharinas Tod zusätzlich erlebten. Wir teilten unsere Gefühle und Gedanken.

Wir waren verletzt durch unsere Trauer und gleichermaßen verwundbar. Eine Tatsache, die in den sozialen Medien keine gute Kombination ist, wie wir selbst erfahren mussten.

Die Anwesenheit in den sozialen Medien ist Segen und Fluch gleichermaßen. Sie bietet viele Möglichkeiten, sein Leben mit allen Facetten zu teilen und sich als Persönlichkeit mitzuteilen. Dagegen birgt sie aber auch das Risiko, dass Menschen dies aufgreifen und in der augenscheinlich vorhandenen Anonymität des Internets für ihre eigenen Zwecke nutzen wollen. Ein Nährboden für Mobbing und Hetze im Netz. Selbst vor einer trauernden Familie schrecken Menschen nicht zurück.

# Kritiker und Besserwisser

Wenn man sein Leben über viele Jahre hinweg mit größtenteils fremden Menschen teilt, gibt es selbstverständlich auch kritische Meinungen. Nicht alles, was man erzählt, zeigt oder macht, findet gleichermaßen Zustimmung. Aber damit lässt sich eigentlich mit der Zeit doch ganz gut umgehen.

Ich halte es jetzt schon für wichtig, festzuhalten, dass es auch konstruktive Kritik gibt. Diese Kritik ist wichtig, um sich weiterzuentwickeln, und gegen die wir auch nichts einzuwenden haben.

Auf der anderen Seite gibt es dann aber auch Menschen, die sich als sogenannte Kritiker bezeichnen, wobei die Kritik selbst keinen konstruktiven Charakter hat. In der Regel handelt es sich um destruktive Kritik.

Nach allem, was ich in den zurückliegenden Monaten in den sozialen Medien gesehen und miterlebt habe, kann man diese Art der destruktiven Kritiker wohl grundlegend in drei Kategorien einteilen.

In der ersten Kategorie sind die Menschen, die eine kritische Meinung zu etwas haben, diese aber nicht zwingend mitteilen müssen, sondern einfach wegschauen und ihren eigenen Weg weitergehen. Das vergleiche ich gerne damit, als würde ich im Fernsehen eine Sendung sehen, die mir nicht gefällt, und schalte einfach auf einen anderen Kanal um.

Die zweite Kategorie sind Menschen, die ebenfalls eine kritische, jedoch nicht konstruktive Meinung haben, diese aber beispielsweise als Kommentar zu einem Beitrag mitteilen wollen und daraufhin möglicherweise blockiert werden. Sie akzeptieren es, blockiert worden zu sein, und gehen ihren Weg, mehrheitlich ohne weitere Kommentare, einfach weiter.

Die Menschen der letzten Kategorie, wir nennen sie einmal „böswillige Kritiker" oder „Besserwisser", kommen nicht damit klar, blockiert worden zu sein. Sie sind davon überzeugt, ihre Kritik immer weiter verbreiten zu müssen und darüber hinaus nichts verpassen zu dürfen.

Oft erkennt man relativ schnell auch eine spezielle Art der Formulierung ihrer Aussagen, die mich zur Bezeichnung der „Besserwisser" geführt hat.

In den vielen Jahren, die wir nun schon in den sozialen Medien unterwegs sind, kamen wir mit allen vorgenannten Kategorien von Menschen in Berührung. Sie alle sind Teil der sozialen Medien und überall vertreten, egal ob auf Facebook, TikTok oder Instagram, um hier nur einige zu benennen. Ich bin ziemlich sicher, dass sich diese Liste ohne Probleme auch um andere soziale Medien ergänzen ließe.

Doch wieder zurück zum Thema. Aus entsprechenden Kommentaren der „böswilligen Kritiker" und „Besserwisser" kann sich schnell eine Eigendynamik entwickeln. Gegner und Befürworter von dem, was man veröffentlicht, geraten nicht selten verbal durch einen Austausch von Kommentaren aneinander. Eine Situation, die kaum ein Seitenbetreiber oder Profilinhaber haben möchte.

Schnell laufen solche Diskussionen auch mal aus dem Ruder und dann kann es schon hilfreich sein, diese Auseinandersetzungen durch Löschen einschlägiger Kommentare zu unterbinden. Es ist immer eine Gratwanderung, ob und wann ein Kommentar gelöscht werden sollte oder sogar der betreffende Nutzer blockiert wird. Es gibt vermutlich auch hierfür keine allgemeingültige Regelung, die den sagenumwobenen Shitstorm verhindert.

Der Weg in die sozialen Medien ist auch immer eine Grundsatzüberlegung, was man bereit ist, mit den vielen Menschen zu teilen. Dieses Abwägen gelingt nicht immer und daraus entwickelt sich unter Umständen auch eine Art Erwartungshaltung, was die Followerinnen und Follower von einem hören möchten. Versucht man dann tatsächlich, Grenzen zu ziehen und private Dinge aus der Öffentlichkeit herauszuhalten, reichen schon Mutmaßungen und phantasievolle Gedanken, um wieder einmal für ausreichend Gesprächsstoff und Angriffsfläche zu sorgen.

# Follower, Stalker und Hater

Wer als Followerin oder Follower eine Familie über viele Jahre begleitet, baut vermutlich auch eine gewisse emotionale Bindung auf. Umgekehrt ist dies ebenfalls möglich und manchmal entwickeln sich sogar Freundschaften.

Man freut sich gemeinsam oder leidet mitunter auch zusammen in bestimmten Situationen. Auch wir haben zu vielen Menschen, die uns lange begleiten, eine regelrechte Freundschaft entwickelt. Gerade das macht es allerdings auch nicht immer leicht, die bereits erwähnten Grenzen einzuhalten.

Leider mussten auch wir die Erfahrung mit besonders hartnäckigen Menschen machen, die selbst durch Blockieren und Ignorieren nicht davon abzubringen waren, alles von uns mitbekommen zu wollen. Kaum war ein Profil oder eine eigens von den Menschen erstellte Facebookseite blockiert worden, kam ein neues Profil oder eine neue Seite.

Überlegt man sich das Ganze einmal genauer, kommt man zu der Vermutung, dass es eventuell keinen weiteren Lebensinhalt für diese Menschen geben könnte. Nahezu rund um die Uhr wird jeder Beitrag und alles um uns herum genauestens beobachtet. Es werden zusätzlich sogar Bildschirmfotos und Videos von Beiträgen und Kommentaren angefertigt. Bewusst schreibe ich in der Zeitform der Gegenwart, da diese Dinge bis zum heutigen Tage nicht gänzlich aufgehört haben. Der Begriff des Stalkings ist hier vermutlich zutreffend.

Nichts darf verpasst werden. Jeder Beitrag und sogar Kommentar, an welcher Stelle er auch geschrieben wird, finden umgehend Beachtung und werden sogar verbotenerweise abfotografiert oder abgefilmt. Dass hier gleichermaßen das Urheberrecht sowie das Recht am eigenen Bild verletzt wird, ist offensichtlich kein Hindernisgrund. Die scheinbar unbändige Gier nach Neuigkeiten kennt kaum Grenzen, wenngleich sich das alles zunächst nur in den sozialen Medien abgespielt hatte.

Ich halte es für wichtig, die einzelnen beteiligten Personengruppen genauer vorzustellen und zu beschreiben, da sie im weiteren Verlauf des Buches noch zu Schlüsselfiguren werden. Ohne diese Menschen wäre es vermutlich auch nie zu einer solchen Ausweitung von Lügen und Beleidigungen gekommen. Andererseits wäre auch dieses Buch niemals geschrieben worden, wenn es diese Menschen nicht geben würde.

Besondere Begegnungen vergisst man vermutlich niemals, und eine davon ist uns derart in Erinnerung geblieben, dass ich sie folglich im weiteren Verlauf des Buches „Beobachterin" nennen werde.

Aus einigen Followern, Kritikern und Besserwissern entwickelten sich im Laufe der Zeit regelrechte „Hater". Diese machen einen eher kleinen Anteil der benannten Menschen aus. Im weiteren Verlauf bezeichnen wir die Personen, über die ich hier schreibe, aber als „Kritiker", da sie sich selbst so bezeichnen.

# Katharinas Tod

Im Frühjahr 2023 änderte sich das Leben meiner Familie schlagartig. Es war der 15. März 2023, als unsere Tochter Katharina ins Krankenhaus eingeliefert wurde. Sie bekam innerhalb kurzer Zeit eine Blutvergiftung und kämpfte fünf lange Wochen auf der Intensivstation um ihr Leben. Diesen Kampf verlor sie am 23. April 2023 im Alter von nur 11 Jahren.

Zwischen Claudia und mir gab es seit jeher eine Absprache, die schon viele Jahre, seit Katharinas erstem Krankenhausaufenthalt, existierte. Egal, was es auch war, ich ging immer und ausnahmslos mit Katharina ins Krankenhaus. Es lag hauptsächlich daran, dass ich der ruhigere von uns beiden war. Dies ließ ich mir auch nicht nehmen und es gab nie Diskussionen darüber. Deshalb wurde ich auch immer als Begleitperson mit aufgenommen, wenn ein Krankenhausaufenthalt notwendig war. Glücklicherweise war dies viele Jahre nicht sehr oft der Fall.

Doch nun war es wieder einmal so weit. Auch dieses Mal war ich immer an Katharinas Seite, besonders als sie noch hier in unserer Nachbarstadt in der Kinderklinik behandelt wurde. Claudia war in den ersten eineinhalb Wochen auch jeden Tag, manchmal auch mehrmals, im Krankenhaus bei Katharina.

Als sich der Gesundheitszustand zusehends verschlechterte, entschieden die Ärzte, Katharina zu intubieren. Sie sollte entlastet werden, da ihr das Atmen doch mehr und mehr schwerfiel. Leider gab es bei der Intubation offensichtlich Komplikationen und sie musste mehrere Minuten lang reanimiert werden. Daraufhin verschlechterte sich ihr Zustand massiv. Eine Blutvergiftung war nun diagnostiziert worden und aufgrund eines akuten Nierenversagens musste sie in eine weiter entfernte Klinik verlegt werden. Eine Fahrzeit von ungefähr einer Stunde war die Folge.

Um besser zu verstehen, wieso gewisse Dinge nach Katharinas Tod passierten, schauen wir noch einmal etwas weiter zurück.

Seit vielen Jahren leidet Claudia unter Angstzuständen und Panikattacken. Wann das genau anfing, weiß ich gar nicht mehr genau, aber in vielen Momenten war ihr Alltag manchmal schon sehr eingeschränkt. Falls Sie selbst unter solchen Ängsten leiden, können Sie vielleicht verstehen, welche Auswirkungen dies auf Betroffene haben kann. Bei Claudia war es hauptsächlich beim Fahren weiterer Strecken. Es war für sie unmöglich, längere Fahrten mit dem Auto, besonders auf Autobahnen, zu unternehmen.

Ab dem Zeitpunkt der Verlegung konnte Claudia durch ihre Ängste nicht mehr ins Krankenhaus kommen. Da ich sowieso den ganzen Tag bei Katharina war, standen wir nahezu pausenlos in Kontakt. Claudia telefonierte über Videotelefonie mehrmals täglich mit Katharina. Sie sang ihr Lieder vor und erzählte ihr von Zuhause. Es war, als wäre sie ebenfalls dort. Sie litt und fieberte aus der Ferne mit.

Vielleicht war es auch ganz gut so, denn sie hätte dort eventuell Dinge gesehen, die sie nicht verkraftet hätte.

Einige Monate nach Katharinas Tod war diese Situation auch Thema bei der Therapeutin, bei der Claudia über ihre Trauer sprach. Sie half ihr dabei zu verstehen, dass sie sich keine Vorwürfe machen muss und Außenstehende überhaupt nicht das Recht haben, über diese Situation zu urteilen. Doch in der ersten Zeit war dies enorm schwer.

Ich konnte leider nicht jede Nacht neben Katharinas Bett sitzenbleiben und auf der Intensivstation direkt durfte man nicht übernachten. Eine der Ärztinnen sagte sogar mal zu mir, ich sollte auch Zeit mit meiner Familie verbringen, weil sie mich genauso bräuchte – gerade jetzt in dieser Situation. Es war eine kaum zu ertragende Vorstellung, mein Kind alleine dort liegen zu lassen. Für mich war es eigentlich ausgeschlossen, Katharina so viele Kilometer entfernt alleine zu lassen. Doch die Ärztin hatte Recht und ich fuhr ab diesem Tag meist abends nach Hause, bis ich am nächsten Morgen ganz früh wieder auf der Autobahn war. Wir arrangierten uns irgendwie als Familie mit dieser unglaublich schwierigen und kaum auszuhaltenden Situation.

Auch unsere Jungs spürten natürlich unsere Anspannung, aber wir versuchten, sie nicht unnötig zu belasten. Sie waren beide gerade in einer wichtigen Prüfungsphase. Deshalb machte Claudia Zuhause einigermaßen normal weiter, weil uns ja auch niemand sagen konnte, wie sich der Gesundheitszustand von Katharina weiter entwickeln würde. Es war ein tägliches Auf und Ab, ohne dass wir eine klare Tendenz erkennen konnten. Jeder einzelne Tag war schmerzlich und kaum auszuhalten. Wir fragten uns immer und immer wieder: Wieso musste unsere kleine Tochter dort liegen? Was hätten wir dafür getan, tauschen zu können.

Am Tag vor Katharinas Tod deutete eigentlich nichts darauf hin, dass sie die Nacht nicht überleben würde. Es gab sogar einige Stunden vorher positive Entwicklungen. Die Werte der Beatmung verbesserten sich und wir hatten sogar die Hoffnung, dass es nun bergauf gehen würde.

Auch an diesem Abend fuhr ich, wie fast täglich, nach Hause.

In der folgenden Nacht erreichte uns um 03:15 Uhr ein Anruf der Klinik, dass wir uns auf den Weg machen sollten. Es sah offensichtlich nicht gut aus und Katharina wurde bereits reanimiert. Wir stiegen sofort ins Auto und fuhren los. Ich weiß noch, dass ich zu Claudia sagte, sie müsse jetzt stark sein und es irgendwie schaffen, mitzufahren. Es war egal, wie sie dies anstellen würde. Sie musste jetzt ins Auto und mitkommen. Ich konnte ihre Angst spüren und sah es auch direkt in ihren Augen, dass die Panik bereits in ihr aufstieg.

Es war eine verregnete Nacht. Die Straßen waren frei und jede Ampel stand auf Grün. Nichts und niemand hielt uns unterwegs auf. Während der gesamten Fahrt war Claudia nicht ansprechbar für mich. Ich versuchte es ein paar Mal, aber sie antwortete mir nicht. Später erzählte sie mir, dass sie nur gebetet hatte, um das alles zu überstehen.

Auch ich hatte große Angst vor dem, was uns erwarten könnte, und traute mich gar nicht, aus dem Auto auszusteigen.

Als wir im Krankenhaus ankamen, liefen wir direkt zur Intensivstation und klingelten dort an der Tür. Die Tür öffnete sich und wir betraten den Flur, der erst geradeaus und dann rechts abbiegend zu Katharinas Zimmer führte. Noch bevor wir die ersten Meter hinter uns hatten, kamen die Ärzte bereits auf uns zu. Ein Anblick, der sich in uns einbrannte, genau wie die Worte, die wir nun hören mussten. Sie teilten uns mit, dass Katharina gerade von uns gegangen war. Obwohl wir uns beeilten und die Straßen vollkommen leer waren, kamen wir zehn Minuten zu spät.

Ihr kleiner Körper war nach wochenlangem Kampf zu schwach.

Unsere Tochter Katharina Aurelia Penelope starb am Sonntag, den 23. April 2023 um 04:10 Uhr.

# Anteilnahme und Hilfsbereitschaft

In all den Wochen, in denen wir nicht wussten, welchen Ausgang die schlimme Erkrankung nehmen würde und in denen wir hofften, dass sich ihr Zustand bessern würde, waren die vielen Menschen auf der Facebookseite und auf TikTok in Gedanken an unserer Seite. Sie beteten für Katharina und hatten ein offenes Ohr für alles, was uns als Familie in dieser schweren Zeit beschäftigte und bewegte.

Es war großartig, dass sich viele hundert, ja teilweise sogar tausende Menschen an den Gebeten für Katharina beteiligten, als sie um ihr Leben kämpfte, und ebenso viele geschockt und traurig waren von der Todesnachricht.

Insgesamt erreichte uns in den zurückliegenden Jahren eine enorme Anteilnahme und Hilfsbereitschaft. Viele Menschen waren Teil der Gemeinschaft, besonders auf Facebook und TikTok. Schon zu Katharinas Lebzeiten gab es diese wunderbare Unterstützung und sie endete auch nicht nach Katharinas Tod. Auch heute sind wir noch unendlich dankbar für alles, was wir erleben durften.

Einerseits waren da die Menschen, die für Katharina Kleinigkeiten geschickt oder Geld gespendet hatten. Andererseits teilten wir aber auch fremde Spendenaufrufe, die ebenfalls durch Spenden der Followerinnen und Follower unterstützt wurden. Es zeigte jedes Mal deutlich, wie diese Gemeinschaft zusammenhielt und dass es zu keiner Zeit eine Selbstverständlichkeit war, wenn Menschen sich daran beteiligt hatten.

Leider haben wir aber auch bei Personen, die gespendet haben, zwei verschiedene Arten von Menschen kennengelernt. Da sind einerseits jene, die von Herzen geben, ohne dafür eine Gegenleistung zu erwarten, und auf der anderen Seite solche, die aus Eigennutz etwas spenden oder Aktionen ins Leben rufen.

Sicherlich ist beides in Ordnung, denn darüber zu urteilen, wieso jemand etwas gespendet hat, ist nicht Sinn und Zweck dieses Buches, und darum soll es hier auch überhaupt nicht gehen. Es ist legitim, dass jemand namentlich genannt werden möchte, wenn etwas gespendet wurde.

Dass eine solche Aktion der Beginn einer regelrechten Hetzkampagne werden würde, dachte damals niemand. Dieses traurige Beispiel zeigt jedoch im weiteren Verlauf dieses Buches, wie die teilweise bereits erwähnten einzelnen Faktoren ineinandergreifen können und welches Ergebnis dabei entstehen kann.

Erinnern Sie sich noch an das Spiel „Stille Post" aus Ihrer Kinderzeit? Zeitweise hatten wir das Gefühl, als spielten einige Menschen dieses Spiel mit Themen über unser Leben. Falls Sie das Spiel nicht kennen, fasse ich gerne noch einmal die Spielregeln für Sie zusammen.

Irgendjemand erzählt etwas einer weiteren Person. Diese Person erfindet vielleicht ein bisschen was dazu und erzählt die leicht veränderte Geschichte jemand anderem. Dieser Jemand ändert die Geschichte wieder etwas ab und erzählt sie weiter. Mit jedem Weitererzählen erhält die Geschichte einen anderen Inhalt, bis sie zuletzt kaum noch dem entspricht, was anfangs erzählt wurde.

Auf uns bezogen waren es jedoch keine Kinder, die das Spiel spielten, sondern erwachsene Menschen unterschiedlichen Alters.

# Die falschen Freunde

Eine Zeit des Bangens und der Angst ist manchmal auch die Chance für einige Menschen, sich an der Seite eines Angehörigen derart festzusetzen, dass er sich dieser Person öffnet und viele Dinge mit ihr teilt. Ob es sich dabei um Freundschaft oder eine Art Schauspiel handelt, mag der Angehörige gleichwohl in diesem Moment nicht herausfinden können. Ob der Freund seinesgleichen die Freundschaft ernst meint oder nur vorgibt, ein guter Freund zu sein, mag ebenfalls erst nach einiger Zeit festgestellt werden.

So ging es auch Claudia, die sich während der Zeit, in der Katharina im Krankenhaus lag, mit ihren Ängsten und Sorgen bei einer Bekannten, die sie aus den sozialen Medien kannte, aufgehoben und verstanden fühlte. Mit offensichtlich medizinischen Kenntnissen war schnell eine vertrauensvolle Basis geschaffen und Claudia teilte nahezu alle Gefühle und Gedanken, aber auch Ängste, in dieser Zeit mit der „Freundin".

Dass diese Form der Freundschaft zu einem späteren Zeitpunkt eine eigene Wendung nahm, ist äußerst bedauerlich. Es zeigt aber auch, wie sehr Vertrauen in der heutigen Zeit, besonders im Rahmen von Bekanntschaften über die sozialen Medien, ein sensibles Thema ist.

In den weiteren Monaten nach Katharinas Tod sollte es nicht die einzige Begegnung mit gewissen Freundschaften gewesen sein. Oft fühlt man sich verstanden und teilt auch immer mal wieder private Dinge mit Menschen, die man für Freunde hält. Erfährt man dann im Nachhinein, was diese Personen mit den Informationen anstellten, kann man schon etwas das Vertrauen in die Menschheit anzweifeln oder sogar verlieren.

Glücklicherweise sind es doch eher die Ausnahmen, bei denen man sich später ärgert, dass man die Freundschaft vielleicht auch selbst falsch eingeschätzt hat.

# Seltsamer Anruf am Tag der Beerdigung

Einer der schlimmsten Tage von trauernden Eltern ist, neben dem eigentlichen Todestag, der Tag der Beerdigung des eigenen Kindes. Ein Tag, der Seinesgleichen sucht und an dem es letztlich nur um eines geht – wie übersteht man diesen Tag?

Die Vorbereitungen, zu denen das Aussuchen von Blumen, die Gespräche mit dem Bestatter und die Abstimmung mit dem Pfarrer zum Ablauf der Bestattung gehören, fordern unendlich viel Kraft. Der gesamte Körper befindet sich noch immer in einer Art Schockzustand und kann das, was einige Tage zuvor geschehen ist, noch gar nicht verstehen oder verarbeiten. Die Trauer ist so unfassbar groß, dass man vieles nur bruchstückweise realisiert, als würde man in einer Art Nebel spazieren gehen. So war es auch bei uns.

Wir schliefen in der Nacht vor Katharinas Beerdigung so gut wie nicht und waren sehr angespannt. Claudia wollte einen selbstgeschriebenen Text vorlesen und wir hatten riesengroßen Respekt vor der gesamten Situation in der Kirche und auf dem Friedhof.

Die Tatsache, dass unser lieber Freund und Diakon unsere Katharina auf ihrem letzten Weg begleiten würde, gab uns Kraft an diesem Tag.

Etwa eine Stunde vor unserer Abfahrt zur Kirche klingelte unser Telefon im Haus. Es war der Diakon und Claudia nahm das Gespräch entgegen. Ihr Gesichtsausdruck veränderte sich schlagartig und ihre Stimme ließ erahnen, dass es nichts Gutes war, was sie gerade gehört hatte. Was konnte denn noch Schlimmeres geschehen sein, als dieser ohnehin schon schreckliche Tag?

Der Diakon berichtete ihr, dass ein Anruf beim Pfarramt und der Rechtsabteilung des Bistums eingegangen war, der sich auf Katharinas Beerdigung bezogen hatte. Eine Dame, deren Namen sie nicht nannte, teilte mit, dass sie mit ihrer schwerstbehinderten Tochter auf die Beerdigung kommen wollte. Da wir jedoch geplant hätten, die gesamte Zeremonie sowie die Beisetzung im Internet live zu veröffentlichen, würde sie unter keinen Umständen kommen.

Der Diakon wollte nun wissen, ob dies stimmte, was wir natürlich verneinten. Niemals war an sowas auch nur ein Gedanke verschwendet worden. Die Teilnahme an der Trauerfeier in der Kirche war für alle Menschen möglich, die sich gerne von Katharina verabschieden wollten. Die eigentliche Beisetzung fand anschließend nur im engsten Kreis der Familie und Freunde statt. Warum hätten wir das alles also live im Internet zeigen sollen? Was steckte hinter diesem Anruf?

Die Tatsache, dass man einen solchen Anruf an einem unserer schlimmsten Tage getätigt hat, machte uns sprachlos und wir waren sehr enttäuscht darüber, wie pietätlos Menschen sein können.

Dass dieser Anruf erst der Beginn von etwas viel Größerem sein sollte und gleichermaßen schon ein Gefühl dafür vermitteln sollte, zu welchen drastischen Dingen einige Menschen fähig sind, um anderen Schaden zuzufügen, ahnten wir bis dahin noch gar nicht.

Die Grenzen von Anstand und Würde sollte jeder Mensch im Rahmen seiner Erziehung gelernt haben. Allerdings zweifelten wir schon einige Male daran. In manchen Situationen fragten wir uns, welche Beweggründe ein Mensch haben könnte, gewisse Dinge zu machen. So war es auch bei diesem Anruf.

Können Sie sich erklären, was jemanden dazu bringt, so etwas zu tun? Welche Hintergründe mag es geben, wenn ein Mensch zum Telefon greift und eine solche Geschichte erfindet? Ist es Wut, Enttäuschung oder liegt womöglich eine erlebte Zurückweisung zugrunde?

Was es auch war, was diese Person veranlasst hat, diesen Anruf zu tätigen. Es zeigt beispielhaft, wie empathielos ein Mensch sein kann. Und davon gab es leider viele in den darauffolgenden Monaten.

# Eitelkeiten und andere Befindlichkeiten

Wie schon erwähnt, haben wir in den vielen Jahren in den sozialen Medien einiges erlebt, und man könnte meinen, dass es nichts mehr gibt, was uns aus der Ruhe bringen kann. Doch leider weit gefehlt. Es gibt immer etwas, was es noch übersteigen kann, und so war es auch einige Tage nach der Beerdigung. Doch zuvor gehen wir ein paar Wochen zurück.

Es gab in den vielen Jahren so einige tolle Aktionen, die von Followerinnen und Followern für Katharina gestartet wurden. Dabei gab es auch nie irgendwelche Probleme. Irgendwann musste es natürlich aber auch mal anders kommen, denn jeder Mensch hat ja so seine eigenen Befindlichkeiten, und ich möchte auch gar nicht weiter auf bestimmte Sachen eingehen.

Wenn es um Eitelkeiten und Befindlichkeiten geht, können Menschen schon seltsam reagieren und manche müssen sich auch irgendwie überall einmischen. Unsere „Beobachterin" durfte natürlich auch wieder einmal nicht fehlen und sorgte vermutlich mit dafür, dass Vieles ins Rollen kam.

Original-Zitat von einem „Kritiker" zu unserer Trauer (1:1 abgeschrieben ohne Textkorrektur):

*„Guten Morgen! J ist total bescheuert! Bei TikTok das Video ob er gelbes Polo tragen darf in seiner Trauer. Welche Trauer? Sieht aus als ob die sich freuen, daß K tot ist! Die trauern nicht und J kann sogar im Müllsack laufen und tanzen."*

# Was ist nur aus den Menschen geworden?

Mit diesen Worten begann ein öffentlicher Beitrag auf dem persönlichen Profil einer Dame in Facebook, das auch heute noch als Plattform für einen regen Austausch über meine Familie und mich dient.

Ich bin immer wieder am Überlegen, wieso es diesen Beitrag überhaupt gegeben hat.

Keine vier Wochen nach Katharinas Tod begann die Situation bereits teilweise zu eskalieren. Dass die „Beobachterin" einen großen Anteil am Geschehen hatte, ist für mich offensichtlich. Sowohl mit ihrem realen Namen als auch mit erfundenen Profilnamen und erstellten Facebookseiten war sie immer und überall zu finden. Lügen und Beleidigungen waren von Beginn an täglich zu lesen.

Es schien fast so, als hätte sie eine Plattform gefunden, auf der sie ihre Märchen verbreiten konnte.

Es ist mir bis heute noch ein Rätsel, wie schnell sich dieser besagte Beitrag mit Menschen gefüllt hatte, die offensichtlich alle irgendetwas nicht gut fanden, was Claudia oder wir als Familie machten. Es wurde keinerlei Rücksicht auf unsere Trauer genommen. In einer enormen Geschwindigkeit vervielfachten sich die Kommentare unter diesem Beitrag.

Wir waren fassungslos und konnten nicht verstehen, was sich dort abspielte, zumal die Profilinhaberin nicht im Geringsten in direktem Kontakt zu uns stand. Eine uns wildfremde Person bietet Menschen eine Plattform, auf der sie sich in unterschiedlicher Weise mitteilen konnten. Manchmal war die Wortwahl auch ziemlich verletzend.

Der Ball war ins Rollen gekommen. Bis zum heutigen Tag, dem Zeitpunkt der Erstellung dieses Buches, verfasst die Profilinhaberin immer wieder neue Beiträge. Mit der Zeit wurden die Kommentare und auch die Beteiligten weniger, aber es hat bis heute nicht gänzlich aufgehört.

Dieses Profil und dieser Beitrag waren jedoch nur ein Teil vom Puzzle und es machte den Anschein, dass einige Menschen endlich etwas gefunden hatten, an dem sie ihren eigenen Frust ablassen konnten.

Unter dem Thema „Kinderbilder gehören nicht ins Netz" wurden immer wieder neue Aktionen gestartet. Es gab sogar eine Petition, die von einer der „Kritikerinnen" erstellt wurde und in der dies aufgegriffen wurde. Dabei nutzte man unsere Geschichte, um sich gegen Kinderbilder im Netz einzusetzen.

Natürlich weiß niemand, was mit Fotos im Netz passiert, die für Jedermann sichtbar sind. Schließlich gibt es genug Beispiele, was mit allen möglichen Bildern geschehen kann. Aber liegt es nicht alleine in der Entscheidung der Eltern, ob und welche Bilder ihrer Kinder sie veröffentlichen?

Die Bilder und Videos von Katharina waren Teil unserer Beiträge in den sozialen Medien, und durch diese Bilder und Videos ist es heute glücklicherweise möglich, die Menschen am Alltag mit einem beeinträchtigten Kind teilhaben zu lassen. Diese Bilder sollten Menschen Mut machen und brachten doch auch viele dazu, anders über ihr eigenes Leben zu denken.

War das alles von den „Kritikern" vielleicht nur ein Vorwand? Ich weiß es nicht.

Auf den folgenden Seiten werde ich den Begriff „Kritiker" weiter nutzen, um den Personenkreis zu beschreiben, der immer wieder in Erscheinung tritt, wenn es um die ständigen Kommentierungen unseres Lebens geht. Auf die Bezeichnung „Hater" verzichte ich bewusst auch weiterhin.

# Virtuelle Gruppen und erste Seiten

Als hätte der Beitrag nicht schon gereicht, entstanden plötzlich Gruppen und Seiten auf Facebook, die darauf ausgerichtet waren, jeden einzelnen Beitrag auf unserer Facebookseite und jede Aktivität von Claudia bis ins Kleinste auseinanderzunehmen. Es war zeitweise schon beängstigend, dass jeder neue Beitrag innerhalb kürzester Zeit auch dort erschienen war. Entweder wurde er abgefilmt oder es wurden Screenshots erstellt, um wieder eine neue Basis für die üblichen Meinungen, Kritiken und leider auch Beleidigungen zu haben. Ein harmloser Austausch war nicht überall zu erkennen.

Größtenteils waren dort Menschen aktiv, die wir gar nicht kannten und noch schlimmer, die uns überhaupt nicht kannten. Interessanterweise fanden sich in diesen Gruppen und auf den neuen Seiten auch wieder Namen, die wir aus dem erwähnten Beitrag schon kannten. Menschen gaben sich untereinander mit Kommentaren und größtenteils erfundenen Geschichten immer wieder neues Futter. Es wurde alles irgendwie immer schlimmer.

Ohne dass wir selbst dort aktiv waren, geriet es immer mehr außer Kontrolle und schaukelte sich hoch. Wir wurden beschimpft und es wurden viele Lügen über uns erzählt, ohne dass es jemals konkrete Beweise für die vielen Geschichten gab. Manchmal machte es den Anschein, dass einige der dort aktiven Personen nur darauf warteten, dass es eine solche Plattform für sie gab, auf der sie sich austoben konnten.

Es gab Tage, da hatte man das Gefühl, dass es immer mehr Menschen wurden, die sich gegen uns stellten. Bei genauerem Hinsehen konnte man aber auch hin und wieder erkennen, dass es oft auch zusätzliche Profile und Seiten der Personen waren, die ohnehin bereits aktiv an diesem Austausch beteiligt waren. Ich verwende jetzt hier bewusst das Wort „Austausch", da sich die „Kritiker" hinter solchen Begriffen sicher fühlten. Es waren ja in den Augen der Menschen nur Wahrheiten und ein Meinungsaustausch, der jedoch damals bereits an einigen Stellen die rechtlichen Grenzen überschritten hatte.

Leider ist es oft so, dass unsere Mitmenschen, die sich in einem solchen Austausch befinden, manchmal selbst nicht mitbekommen, wie schnell genau eben diese Grenzen überschritten werden. Eben war es noch ein Austausch und im nächsten Moment steckt schon eine Beleidigung in einem Satz. Die Grenzen sind oft nur schwer zu erkennen, wenn man bereits in seinem Element ist.

Einige Seiten sind mittlerweile wieder verschwunden, andere kamen dazu. Insgesamt wurde es aber glücklicherweise etwas ruhiger.

Unser halbes Leben, alles, was man dazu im Internet finden konnte, wurde analysiert und diskutiert. Selbst Dinge wurden zum Thema, die teilweise weit vor unserer Ehe lagen. So war es auch absehbar, dass mein erstes geschriebenes Buch in den Fokus rückte und man eine Plattform hatte, auf der wir keinerlei Möglichkeiten hatten, direkt einzugreifen. Die ersten Rezensionen erschienen.

Original-Zitat von einem Kommentar der „Kritiker" im Wortlaut und ohne Korrektur von Rechtschreibfehlern:

*„Bei der Familie ist es nicht üblich, gemeinsam an einem Tisch die Mahlzeiten einzunehmen. Es ist traurig, dieses mitanzusehen. Jeder macht sich irgendwas und C sitzt von früh bis spät am Handy. Wenn der Göttergatte nicht kochen würde, bliebe die Küche kalt. Nur vom sonnabendlichen Putzen wird keine Familie satt. Schäm dich Frau d. J."*

# Buchrezensionen

Bis zu diesem Zeitpunkt gab es nur das Buch „Katharinas besondere Welt" im Handel und in bekannten Online-Buchhandlungen. So war es natürlich auch bei einem der bekanntesten Onlinehändler gelistet, bei dem es möglich ist, Rezensionen zu einem Artikel mit wenigen Klicks zu erstellen. Es wird auch nicht geprüft, ob ein Artikel tatsächlich gekauft wurde, sodass nahezu jede Person, die dort ein Einkaufskonto hat, eine Bewertung abgeben kann.

Ich war entsetzt, als ich diese Bewertungen gesehen und gelesen hatte. Es wurden Rezensionen verfasst von Menschen, die das Buch vermutlich weder gelesen haben noch uns persönlich kennen. Schnell konnte man erkennen, dass es sich nicht unbedingt um Bewertungen des Buches handelte, sondern einzig und allein etwas mitgeteilt werden sollte. Auch hier wurden einige Male übelste Lügen und Beleidigungen geschrieben. So schnell, wie die Bewertungen nacheinander verfasst wurden, so direkt bekamen diese einzelnen Meinungsäußerungen auch viele Angaben zur Nützlichkeit.

Für mich war mehr als offensichtlich, dass hier im Hintergrund eine aufeinander abgestimmte Aktion stattgefunden haben musste. In den über zehn Jahren, in denen das Buch nun schon erhältlich ist, hat es nie so viele Rezensionen gegeben, und nun tauchen aus dem Nichts Texte auf, die manchmal an ein eigenes Buch erinnern. Die Inhalte sind wenig schmeichelhaft und manchmal sogar voller Hass und Wut. Einige waren inhaltlich auch sehr ähnlich im Wortlaut, als hätte man die Texte weitergereicht.

Jeder Versuch, mit dem Betreiber der Online-Plattform Kontakt aufzunehmen, um die Rezensionen prüfen und möglicherweise entfernen zu lassen, war erfolglos. Wir mussten es hinnehmen und konnten nichts dagegen unternehmen. Sicher ist dies eine äußerst belastende Situation, denn dort stehen Dinge über uns, die nicht der Wahrheit entsprechen. Es wurden Behauptungen aufgestellt, ohne dass man uns persönlich kennt. Wann immer ich nachschaute, gab es wieder eine neue Bewertung, die mich sprachlos werden ließ.

Einfach ignorieren ist nicht leicht gewesen, da wir vor wenigen Wochen erst unsere geliebte Tochter zu Grabe getragen hatten. Der Schmerz saß derart tief und nun mussten wir uns dazu noch mit solchen Dingen beschäftigen. Wenn Sie mich heute, viele Monate danach, fragen, was Menschen dazu bringt, solche Texte ohne jegliche Kenntnis der Wahrheit zu verfassen – ich kann es Ihnen nicht beantworten.

Als ich das zweite Buch „Katharinas besondere Seelenreise" veröffentlichte und dieses auch beim Online-Händler erhältlich war, dauerte es keinen Tag, bis die erste negative Rezension erschien. So schnell konnte man das Buch nicht einmal liefern lassen.

Wurden wildfremde Menschen instrumentalisiert, um einseitige Meinungen über meine Familie und mich zu verbreiten, ohne diese ernsthaft zu hinterfragen? Wo blieben die Pietät und Empathie trauernder Eltern gegenüber?

Falls Sie nun zu dem Schluss kommen, dass der Weg in die Öffentlichkeit unsere eigene Entscheidung war und ebenso auch, unsere Trauer mit fremden Menschen zu teilen, haben Sie Recht. Ob dies allerdings die Rezensionen rechtfertigt, dürfen Sie gerne selbst bewerten, wenn Sie beim großen Online-Buchhandel die benannten Bücher suchen und die Bewertungen lesen.

Auch das Buch meiner Frau mit dem Titel „Niemals ganz weg" und mein Buch „Trauer fühlen und annehmen" wurden mit negativen Bewertungen versehen. Ob die bewertenden Personen diese Bücher jemals gelesen haben, bleibt offen. Schade finde ich jedoch, dass man versucht, gegenüber anderen Menschen etwas schlechtzumachen, was diesen möglicherweise helfen kann. So wie mein Buch über die Trauer.

Es ist schwierig, damit umzugehen, wenn man ohnehin geschwächt ist durch die Trauer um das eigene Kind. Mittlerweile haben wir dieses Thema abgeschlossen und wissen, dass wir diese Bewertungen nicht ändern können. Wir akzeptieren sie.

# Ein Hochzeitstag bei der Polizei

So hatten wir uns unseren Hochzeitstag nicht vorgestellt. Als wäre es nicht schon schlimm genug, was wir in den letzten Wochen erleben mussten, verbrachten wir unseren Hochzeitstag größtenteils auf der Polizeistation. Es war einfach zu viel, was wir seit ein paar Wochen an einigen Stellen lesen mussten, und wir entschieden uns, einzelne Sachen davon auch anzuzeigen. Es war ein wichtiger Schritt gegen diese ganzen Lügen und Beleidigungen, jetzt etwas dagegen zu unternehmen. Schon seit einigen Tagen sammelten wir Kommentare, Beiträge und Rezensionen, die so einfach nicht stimmten und uns teilweise aufs Übelste beleidigten. Natürlich war das nur eine kleine Teilmenge aus einzelnen Seiten, Profilen und Gruppen, die es zwischenzeitlich gab.

Dieser Tag kostete unglaublich viel Kraft und wühlte zugleich vieles aus den zurückliegenden Wochen wieder auf. Der Schmerz um den Verlust von Katharina und dieser Hass, der uns teilweise entgegenschlug, waren sehr belastend.

Erst waren es die fünf langen Wochen, in denen unser Kind um ihr Leben kämpfte und wir jeden Tag unermesslich mitgelitten hatten. Ihr Tod, der uns seither nicht schlafen ließ, und nun das jetzt alles. Wie viel konnte ein Mensch aushalten? Wir stellen uns oft diese Frage, ohne dass wir darauf eine Antwort erhalten haben. Manchmal war es nur ein Funktionieren.

Auf der Polizeistation erklärten wir alles sehr detailliert und gaben die erforderlichen Informationen dort ab. Mehr konnten wir in diesem Moment nicht machen. Aber wichtig war es auf jeden Fall. Denn neben dem persönlichen Weg, den man versucht, in solch einer Situation zu finden, um damit umzugehen, ist auch der rechtliche Aspekt enorm wichtig. Niemand, der sich im Internet und somit in einem öffentlichen Raum beleidigend äußert, sollte denken, dass er dies ohne rechtliche Konsequenzen darf. Gerade diese gefühlte Anonymität führt immer häufiger zu verachtenden Äußerungen, die manchmal für die Betroffenen kaum zu ertragen sind.

# Das perfide Spiel mit den Ortsgruppen

Einigen Menschen reichte offensichtlich nicht, was sie auf den besagten Seiten und Profilen schreiben konnten, und sie suchten sich neue Wege, ihre Lügen über uns zu verbreiten. Wenn Sie in den sozialen Medien unterwegs sind, wissen Sie eventuell, dass es solche speziellen Gruppen von Städten und Ortschaften gibt, in denen sich Anwohner austauschen können. Manchmal sind die Zutrittsregeln nicht besonders wirkungsvoll, und wie sollte man auch im Einzelfall prüfen können, ob ein Mensch wirklich dort wohnt oder nicht? Das wussten auch die „Kritiker" und witterten ihre Chance. Auf den ersten Beitrag wurden wir durch eine Freundin aufmerksam.

Als Beitrag eines anonymen Verfassers getarnt, ging es auch dabei wieder einmal nur darum, uns in unserem persönlichen Umfeld zu schaden. Wortwahl und Inhalte waren gespickt mit übelsten Unterstellungen. Beleidigungen durften ebenfalls natürlich wieder einmal nicht fehlen.

Glücklicherweise können die Administratoren der jeweiligen Gruppen immer sehen, wer einen Beitrag geschrieben hat, selbst wenn dieser unter Verwendung der Möglichkeit, anonym zu schreiben, verfasst wurde. So war es auch in diesem Fall und damit der Beweis erbracht.

Leider sollten die Beiträge, die wenige Wochen nach Katharinas Tod verfasst wurden, kein Einzelfall bleiben. Bis zum heutigen Tag gibt es in mehr oder weniger regelmäßigen Abständen Versuche einzelner Damen und Herren, über eben diese Ortsgruppen weiter aktiv gegen uns zu agieren.

Es mag ein bisschen klingen wie verzweifelte Versuche, Aufmerksamkeit zu bekommen, oder was bringt einen Menschen dazu, derart in das direkte Umfeld einer Person einzugreifen? Welche Ziele verfolgen diese Menschen und mit wem haben Sie möglicherweise schon Ähnliches gemacht?

# Trauer als neuer Teil unseres Alltags

Es mag für außenstehende Menschen schwer nachzuvollziehen sein, dass ein Angehöriger in tiefer Trauer auch mal Dinge macht, die irrational erscheinen mögen. Deshalb sagt man bekanntlich auch, dass es in der Trauer keine richtige oder falsche Handlung gibt. Alles, was einem gut tut, die eigene Trauer zu bewältigen, ist erlaubt, solange keine dritten Personen dadurch verletzt werden.

Trauer ist ein regelrechter Ozean der Gefühle, der durch einen schweren Sturm aufgewühlt wird. Es gibt Phasen, in denen man unendlich traurig ist und alles infrage stellt, und es gibt Momente, in denen man auch fröhlich sein kann. Der Vergleich mit dem Ozean würde nun von windstillen Phasen und Situationen größtmöglicher Wellen sprechen.

Während einige Trauernde beispielsweise ihre Wut hinausschreien, finden andere Trost in der Bewegung. So war es auch an einem lauen Abend im Sommer des Jahres 2023, ein paar Monate, nachdem unsere Tochter Katharina verstorben war.

Wir saßen auf der Terrasse und hörten Musik. Als ein Lied gespielt wurde, welches meine Frau sehr mag, beschloss sie spontan, aufzustehen und zu tanzen. Sie wollte für einen Moment die Unbeschwertheit spüren.

Es waren ein paar Minuten des Freiseins nach den ganzen vorangegangenen Wochen der Trauer. Wir hatten das Handy dabei und filmten kurzerhand diese Szene. Auch unsere Followerinnen und Follower sollten sehen, dass auch solche Momente, wenn sie auch selten sind, zur Trauer dazugehören können.

Der berühmte „Balkontanz" ist auch heute immer wieder Thema bei den „Kritikern" und wird als peinlich und unpassend dargestellt.

Es war uns aber wichtig, dass wir die schlechten und schweren Tage der Trauer ganz offen zeigen, wie auch die guten und besseren Tage. Deshalb teilten wir auch genau diese Situation ganz bewusst mit anderen Menschen.

Diese unbeschreibliche Trauer, die man als Eltern fühlt, wenn das eigene Kind gestorben ist, wird von nun an immer Teil unseres Lebens bleiben.

Natürlich war absehbar, dass es Menschen geben würde, die unseren offenen Umgang mit der Trauer nicht gut finden würden. Die entsprechenden Kommentare dazu ließen also auch nicht lange auf sich warten. Die Art der Kommentare reichte von neutral bis hin zu beleidigend. Wie wir es bisher aber auch schon gemacht hatten, blockierten wir die Menschen, die unseren Umgang mit der Trauer nicht sehen wollten oder nicht verstehen konnten.

Auf der anderen Seite war es aber tatsächlich so, dass die meisten Menschen gerne an unserer Seite waren, wenn wir erzählten, wie unser Tag abgelaufen war oder welche schwierigen Situationen es gegeben hatte. Man hatte manchmal das Gefühl, es wäre eine große Familie, die sich gegenseitig trägt und die uns auch bei unserer Trauer um Katharina irgendwie auffangen konnte. Es gab eine ganze Zeit lang kaum einen Tag, an dem es keine Live-Übertragung auf der Facebookseite oder in Tiktok gab. Es brachte uns auch etwas auf andere Gedanken mit den vielen Menschen, die uns zuschauten und die auch keine Probleme damit hatten, wie wir trauerten, auch wenn es nur für kurze Momente war.

Es gab viele Followerinnen und Follower, die auch selbst Kraft schöpften und etwas Positives für sich aus den Videos mitnehmen konnten. Das meine ich, wenn ich von einer großen Familie oder Gemeinschaft spreche, die sich dort zusammengefunden hat.

Manchmal machten wir Live-Übertragungen zu speziellen Themen, die uns auch bewegten, oder erzählten einfach nur von Katharina und unserem gemeinsamen Leben der letzten elf Jahre. Es war ja auch lange Zeit die Facebookseite mit unserer Katharina und nun, nach ihrem Tod, ist es die Seite mit ihr in unserem Herzen.

Es gab Trost, zu sehen, wie viele Menschen Katharina ebenfalls sehr vermissten und sich an den vielen Erinnerungen erfreuten, die wir teilten. Katharinas Lachen und ihre unbeschwerte Art waren es, die besonders berührten.

Doch wie sollte es nun alles weitergehen?

Natürlich stellten wir uns auch sehr oft die Frage, ob die Facebookseite ohne Katharina überhaupt noch einen Sinn hat. Claudia dachte auch lange Zeit, dass viele Menschen die Seite verlassen würden, jetzt, nachdem Katharina nicht mehr lebte. Aber es geschah genau das Gegenteil. Es wurden immer mehr Followerinnen und Follower. Heute sind es bereits über 85.000 Menschen, die der Seite folgen.

Es war häufig Thema in den gemeinsamen Gesprächen zwischen Claudia und mir, ob wir weitermachen würden oder nicht. Da waren die vielen Menschen, die das gut finden, was wir machen, und dennoch auch die Menschen, die es schlecht finden. Wem sollten wir nachgeben?

Letztlich geht es dabei nicht um andere Menschen, sondern einzig um das, was wir wollen und was uns guttun würde. Aber dazu kommen wir später noch einmal.

# Unsere Luna

Ein heikles Thema, zumindest für unsere besonderen „Kritiker" der letzten Monate, war immer unsere Hündin Luna. Warum verstehe ich auch nicht, denn wenn man es mal ganz genau nimmt, geht es niemanden etwas an, was wir entscheiden und was wir tun. Ich verstehe auch nicht, was Menschen dazu bringt, immer alles wissen zu wollen. Wir hatten das Thema schon etwas weiter vorne im Buch, aber immer schön langsam und der Reihe nach.

Im Sommer 2022, also ungefähr 8 Monate vor Katharinas Tod, begannen wir uns zu überlegen, ob wir unsere Familie nicht vergrößern wollten. Wie Sie vielleicht ahnen, ging es dabei nicht um ein weiteres Kind. Eine kleine Golden-Retriever-Hündin zog bei uns ein. Ihr Name war Luna. Katharina und Luna verstanden sich von Anfang an prima.

Da es hierzu auch gewisse Meinungen unserer „Kritiker" gab, möchte ich es gleich vorwegnehmen: Wir finanzierten Luna aus eigenen Ersparnissen und es gab auch nie die Absicht, Luna zu einem Therapiehund oder Ähnlichem ausbilden zu lassen.

Besonders das innige Verhältnis zu Katharina war herzlich und mit Freude anzuschauen. Die Monate mit Luna waren wundervoll und man spürte, wie Katharina es ebenfalls sehr genoss, wenn Luna bei ihr war. Genau diese schönen Momente waren es aber dann auch, die uns nach Katharinas Tod unheimlich viel abverlangten.

Schon einige Tage bevor Katharina ins Krankenhaus kam, veränderte sich Lunas Verhalten. Wir konnten das zunächst nicht einschätzen, aber sie fing an, weniger zu fressen. Das war ungewöhnlich, denn eigentlich konnte man gar nicht so schnell zuschauen, wie der Napf geleert wurde.

Dieses seltsame Verhalten änderte sich jedoch wieder kurz nachdem Katharina mit dem Rettungswagen abgeholt worden war und ein paar Tage im Krankenhaus gewesen war. Sie begann wieder zu fressen und es war fast so, als wäre es nie anders gewesen. Claudia freute sich darüber und dachte erstmals daran, dass Luna es vielleicht spürte, dass es Katharina schlecht ging. Andererseits merkte sie es dann vielleicht aber auch, dass Katharina jetzt in guten Händen im Krankenhaus war.

Je näher es aber an den Tag ging, an dem Katharina verstorben ist, desto komischer wurde Luna und ihr Verhalten wieder. Damals haben wir das gar nicht mit Katharina in Verbindung gebracht, doch rückblickend könnte es wohl einen Zusammenhang gegeben haben. Ja, ein Tier spürt vieles und auch Tiere trauern, davon bin ich überzeugt.

So unterschiedlich die Trauer verlaufen kann, so schlimm können, gerade am Anfang, auch bestimmte Situationen sein. Erinnerungen, die einem das Herz zerreißen. Natürlich darf man auch nicht vergessen, dass Luna eine junge Hündin war, die zu dieser Zeit sehr viel Aufmerksamkeit und Erziehung benötigte.

Kurzum: Das Wohl des Tieres sollte niemals leiden müssen, wenn man selbst nicht in der Lage ist, sich gut um das Tier zu kümmern. Und das konnten wir, so kurz nach Katharinas Tod, nicht adäquat, und wir überlegten, Luna wieder abzugeben. Es sollte ihr gut gehen und sie sollte die nötige Aufmerksamkeit und Geduld bekommen, die sie brauchte.

Da waren die vielen Erinnerungen, die sich vor unseren Augen abspielten. Schöne Momente, in denen Katharina und Luna zusammen waren, und die glückliche Zeit, die Katharina mit ihr erlebte. Es zerriss uns im wahrsten Sinne des Wortes unser Herz. Es tat einfach nur weh. Jeder Tag, jede Sekunde und jede Minute, die wir Luna anschauten und wussten, dass Katharina nun nie wieder mit ihr schmusen könnte, machten uns fast wahnsinnig. Nein, so konnten und wollten wir das für Luna und für uns nicht weiterführen.

Glücklicherweise hatte sich kurz darauf eine befreundete Familie angeboten, Luna zunächst zu sich zu nehmen, um uns etwas in der akuten Trauerphase um Katharina zu entlasten. Sie hatten Zeit und Platz und es machte ihnen nichts aus, da sie auch früher schon Hunde gehabt hatten. Wir waren sehr froh darüber und stimmten dankbar gerne zu.

Luna lebte sich schnell bei unseren Freunden ein und wir entschieden deshalb alle gemeinsam, dass es für Luna das Beste wäre, wenn sie zukünftig auch dort leben könnte. Wir wollten ihr dieses Hin und Her ersparen und wussten, dass es ihr dort sehr gut geht.

Natürlich blieb es auch unseren „Kritikern" nicht verborgen, dass Luna nicht mehr in Videos und Beiträgen auf der Facebookseite oder in TikTok zu sehen war. Die Fragen häuften sich und es war zu spüren, dass sich da etwas aufbaute. Wir gingen zunächst nicht auf die Fragen zu Luna ein und teilten nur mit, dass es ihr gut geht. Da die Fragen immer häufiger und teilweise auch sehr penetrant gestellt wurden, fühlten wir uns irgendwie total an die Wand gedrückt. Es war uns alles zu viel, denn zusätzlich zur Trauer wollte plötzlich irgendwie jeder wissen, wo Luna war. Damals war uns nicht klar, dass einige Menschen es gar nicht böse meinten, aber wir fühlten uns sehr unter Druck gesetzt und blockierten so einige, die nach Luna fragten.

Heute, mit einigem Abstand zu der ganzen Sache, wäre ein anderer Umgang damit vermutlich sinnvoller gewesen. Doch nun war es so, wie es war, und heute zu überlegen, was anders gekommen wäre, wenn wir dies oder jenes getan hätten, bringt nichts mehr und ändert auch nichts.

Zugleich stelle ich mir aber auch oft noch die Frage, mit welchem Recht sich einige Menschen hinstellten und unbedingt herausfinden mussten, was mit Luna geschehen war und wo sie letztlich ein neues Zuhause gefunden hat. Sie war unser Hund und genauso, wie wir auch alleine entschieden haben, einen Hund bei uns aufzunehmen, war es auch alleine unsere Entscheidung, was nun gemacht wurde. Niemand hatte das Recht, sich einzumischen und das mit einer solchen augenscheinlichen Aggressivität zu verfolgen.

Auf einzelnen Profilen, Seiten und sogar in Gruppen auf Facebook wurden tatsächlich Beiträge erstellt, die einer Art Suchmeldung nach einem entlaufenen Hund gleichkamen.

Versuchen Sie doch einmal, in unsere Rolle zu schlüpfen. Nach einem traurigen Todesfall haben Sie zum Wohle Ihres Tieres und in einer absoluten psychischen Ausnahmesituation eine Entscheidung getroffen. Sie möchten, dass es allen Beteiligten gut geht, und sind froh, dass sich eine tolle Familie für Ihren Hund gefunden hat.

Plötzlich werden Sie von allen Seiten mit Fragen zu Ihrem Hund regelrecht bombardiert und sogar Suchanzeigen werden erstellt. Eine furchtbare Vorstellung? Ja, denn es gibt bei jeder Öffentlichkeitsarbeit auch ein Privatleben.

Und auch dann, wenn man in der Öffentlichkeit mit Kritik rechnen muss, war dies ein ganz entscheidender Eingriff in eben dieses Privatleben. Menschen, die nur Bruchstücke der Situation kannten, führten sich auf, als wollten sie die Welt retten. Ich frage noch einmal: Mit welchem Recht?

Luna geht es ausgezeichnet und wir sind sehr dankbar, dass wir regelmäßig erfahren, wie sie sich entwickelt. Viele Monate nach Katharinas Tod ist es noch immer sehr schmerzhaft, die Fotos, auf denen Katharina und Luna gemeinsam zu sehen sind, anzuschauen. Dieser Schmerz, aber auch die Gedanken an die negativen Einflüsse in dieser schweren Zeit werden noch lange spürbar bleiben.

# WhatsApp-Gruppen

Wenn es Menschen zu langweilig ist oder sie sich etwas zum Ziel gesetzt haben, werden sie kreativ. Die Dinge, die nun schon seit geraumer Zeit in Facebook und anderen sozialen Medien über uns verbreitet wurden, waren sehr heftig. Als ob dies nicht ausreichen würde, sammelten sich Teilnehmerinnen und Teilnehmer, die allesamt gegen uns waren, im Hintergrund auch in WhatsApp-Gruppen. Dort ging es auch ordentlich zur Sache, wie wir nach einiger Zeit von ehemaligen Teilnehmern erfahren haben.

Es wurden viele Lügen verbreitet, Beleidigungen über uns ausgetauscht und sogar Absprachen zu einzelnen Aktionen getroffen. Und das alles gegen eine ganz normale Familie, die ihr Liebstes verloren hatte? Stellen wir uns doch einmal provokativ die Frage, was diese Menschen eigentlich erreichen wollten und teilweise auch heute noch versuchen zu erreichen. Wozu verbreitet man Lügen über Personen, die man im Leben weder persönlich kennt noch über jedes Detail ihres Lebens Bescheid weiß?

Vermutlich wird es einige dieser WhatsApp-Gruppen gegeben haben und ich bin mir ziemlich sicher, dass es auch jetzt noch welche gibt. Genauere Details kennen wir nicht und ich bin ehrlich, wenn ich sage, dass ich es auch gar nicht wissen möchte, worüber man sich dort austauscht.

Zusammengefasst waren auch diese Gruppen nur ein weiterer Baustein in den Plattformen, die für Mobbing und Hetze gegen meine Familie und mich genutzt wurden.

Wir sind jedoch auch sehr dankbar, dass es immer wieder Menschen gibt, die sich von Alledem distanzieren und denen klar wurde, woran sie sich beteiligt haben.

# Noch mehr Facebookseiten gegen uns

Es dauerte nicht lange, bis weitere Seiten in Facebook erstellt wurden, um immer mehr Stimmung gegen uns zu machen. Die sozialen Medien und besonders Facebook machen es Menschen teilweise auch sehr leicht, einfach irgendwelche Seiten zu erstellen. Alles, was man dazu benötigt, ist ein Facebook-Profil, und schon ist man in der Lage, so viele Seiten zu erstellen, wie man möchte. In keiner Weise ist dies an gewisse Kriterien oder Vorgaben geknüpft. Auch das Thema einer Seite ist dazu unerheblich, ja selbst der Name einer Seite kann frei gewählt werden. Für die Öffentlichkeit, also für die Nutzerinnen und Nutzer von Facebook, bleibt der Seitenbetreiber damit zunächst vollkommen verborgen, wenn er seine Identität nicht preisgeben möchte.

Diese Tatsache führt oft dazu, dass die Seiten für Mobbing sehr gut geeignet sind. Im Zuge von Ermittlungsverfahren nach einer Anzeige lassen sich natürlich die Seitenbetreiber herausfinden. Sie können sich keineswegs in Sicherheit wiegen, nicht doch eines Tages für ihre Handlungen belangt zu werden.

Unter dem Vorwand, man wolle Lügen aufdecken, gab es mindestens zwei Seiten, die oft die Grenzen der rechtlich akzeptablen Kritik und Meinungsäußerungen überschritten. Es wurde beleidigt, verhöhnt und unter dem Deckmantel von Satire auch Persönlichkeitsrechte verletzt.

Gerade auch die Provokationen, die von diesen Seiten ausgingen, führten nicht selten dazu, dass sich verschiedene Reaktionen von uns derart abgespielt haben. Es zeigte sich schnell, dass unter den blockierten Nutzern auf unserer Seite die Neuigkeit schnell verbreitet wurde, wann es neue Beiträge gegen uns gab. Man hatte wieder und wieder den Eindruck, dass die dort aktiven Menschen keinerlei anderen Zeitvertreib hatten, als nach Informationen über unsere Familie in den sozialen Medien und im gesamten Internet zu recherchieren. Nichts wurde ausgelassen. Selbst Sachen, die viele Jahre zurücklagen, wurden ausgegraben und immer wieder Thema. Dabei gab es eigentlich nie relevante Neuigkeiten zu berichten, was aber augenscheinlich egal war, denn man wollte nur etwas haben, worüber man sich auslassen und diskutieren konnte.

Das Lesen der Beiträge und Kommentare dazu verdeutlichte nahezu täglich, dass es schon lange nicht mehr um Kritik an irgendwelchen Dingen ging. Es reichte schon ein einzelnes Foto von meiner Frau, mir oder einem unserer Kinder, um sich sofort darauf zu stürzen und sich beispielsweise über das Aussehen oder die Kleidung lustig zu machen.

Welche Art von Kritik sollte dies denn darstellen?

Die Teilnehmerinnen und Teilnehmer an diesem regen Austausch hatten offensichtlich bereits seit längerer Zeit die Grenzen von rechtlich zulässigen Äußerungen zu ihren Gunsten ausgeblendet. Schimpfwörter und herablassende Bemerkungen waren an der Tagesordnung.

Was wollte man denn überhaupt erreichen? Diese Frage stellten wir uns viele Male und kamen dabei doch immer wieder zum selben Ergebnis. Es ging vermutlich nur darum, die Auftritte in der Öffentlichkeit zu verhindern, und dafür nahm man scheinbar jederzeit in Kauf, dass die Art und Weise, mit der man dies versuchte, auch psychische Auswirkungen für uns hätte haben können.

Es gab sehr viele Momente, die uns vor die Entscheidung stellten, wie das alles weitergehen sollte. Gleichermaßen wussten wir aber auch nicht, wie weit diese Menschen noch gehen würden, denn mittlerweile waren nicht nur die sozialen Medien betroffen, sondern es gab zwischenzeitlich sogar Auswirkungen auf unser direktes Privatleben.

Aber es gab nicht nur Angriffe gegen uns als Personen. Nein, man musste alles, was mit uns in Verbindung stand, und jeden, der mit uns Kontakt hatte, zum Ziel erklären. Ja, sogar mit Privatnachrichten versuchte man, Followerinnen und Follower auf die eigene Seite zu ziehen und davon zu überzeugen, was wir doch für eine schlimme Familie sein mussten.

Die Grabdekoration wurde ebenfalls mehrfach bis ins kleinste Detail unter die Lupe genommen. Man hatte sich offensichtlich auch hier zum Ziel gesetzt, irgendetwas aufzudecken. Mit Adleraugen und einem Abgleich der dazugehörigen Artikelliste machten sich die „Kritiker", vermutlich in Teamarbeit, daran, die Dinge auf dem Grab zu prüfen.

Mehr noch, man machte sich sogar über die Gestaltung des Erdenbettchens lustig.

Claudia hatte im Vorfeld schon erwähnt, dass selbstverständlich nicht alles zeitgleich auf dem Erdenbettchen stehen kann und die Dekoration jahreszeitenabhängig und wechselnd gestaltet würde. Das war wieder einmal seltsam, denn obwohl man immer sehr genau hingehört hatte, was Claudia sagte, waren solche Sachen dann irgendwie doch untergegangen.

Leider blieb es auch nicht bei Attacken, die nur gegen uns gerichtet waren. Es wurden zwischenzeitlich auch Followerinnen und Follower beleidigt und als „dumm" und „hörig" bezeichnet. Menschen, die man nicht kannte und die auch niemandem etwas getan hatten, wurden mit Worten beschimpft. In meinen Augen sollten Meinung und Kritik immer mit einem gewissen Anstand geäußert werden, und gerade dann, wenn man Menschen nicht persönlich kennt, sollten diese Äußerungen gut überlegt sein.

Original-Zitat eines „Kritikers" im Wortlaut, der gegen Claudia und auch gegen unsere Follower gerichtet war (1:1 abgeschrieben ohne Textkorrektur):

*„Wenn ihr mich fragt hat die Frau einen Schaden. Als das arme Kind noch lebte hat diese Mutter ihr totkrankes Kind in die Öffentlichkeit gezerrt und zur Schau gestellt. Wenn diese Frau Gefühle hätte, sollte sie endlich dieses Kind ruhen lassen. Aber nein, sie will noch mehr Geld, diese eiskalte Frau und ihr fällt darauf rein oder glaubt ihr wirklich das sie ihr Kind liebte. Sie macht noch immer Geschäfte, mein Gott seid ihr alle scheinheilig. Ich sag nur eins, Influenza, damit verdient sie ihr Geld. Sie lacht euch alle aus weil ihr so dumm seid."*

# Reaktion folgt auf Aktion

Das Wechselwirkungsgesetz ist ein altes und weit verbreitetes Naturgesetz. Es besagt, dass auf eine Aktion auch immer eine Reaktion folgt. Versuchen wir, dies im Kontext von Mobbing zu betrachten, könnte nachfolgendes Beispiel die Situation verdeutlichen.

Sagt beispielsweise Person A einen bestimmten Satz und wird dieser von Person B aufgenommen, die jetzt quasi mit gleicher Kraft darauf reagiert, haben wir eine Wechselwirkung. Es kann daraus schnell ein permanenter Wechsel von Aktion und Reaktion entstehen. Das Opfer, in unserem Beispiel Person A, sagt oder macht etwas, was von dem Täter oder den Tätern möglicherweise als Provokation gesehen wird. Nun reagieren die Täter entsprechend darauf. Für das Opfer ist es nun umgekehrt und es empfindet eventuell die Reaktion des Täters als eine Aktion, auf die nun wieder reagiert wird. Ein Hin und Her ist quasi vorprogrammiert, solange eine Seite immer wieder reagiert.

Aus diesem Aufschaukeln können schnell unkontrollierbare Situationen entstehen. Schwierig ist es deshalb, weil viele Menschen von Natur aus auf gewisse Dinge reagieren. Sie möchten sich erklären oder rechtfertigen. Man kann es niemandem verübeln.

Als Opfer von verbalen Angriffen, die über einen langen Zeitraum immer weiter zugenommen haben, versucht man einige Dinge, um diese fortdauernden Beleidigungen zu beenden. Am Anfang will man möglicherweise diese ganzen Äußerungen einfach ignorieren. Eine Zeit lang geht das vielleicht auch gut.

Irgendwann stellten wir persönlich jedoch fest, dass auch das nichts änderte. Wir bekamen häufig Screenshots von fremden Menschen und Followern geschickt, auf denen wir sehen konnten, was über uns geschrieben wurde.

Nachdem in unserem Fall die Ignoranz augenscheinlich nichts nützte, versuchten wir als Nächstes offensiv damit umzugehen. Vielleicht waren wir da aber auch zu ungeduldig und hätten der Ignoranz etwas Zeit geben müssen.

In Videos, Beiträgen und Live-Übertragungen sprachen wir die Menschen, von denen das Mobbing ausging, direkt an. Ja, wir forderten sie auf, diesen Hass zu beenden. Wir boten Gespräche an, um alles klären zu können. Doch auch das half nichts.

Der offene Umgang damit und die Erwähnungen auf unserer Seite führten leider auch dazu, dass einige Situationen unnötigerweise fast schon eskalierten und sogar wieder neue Reaktionen auf den Seiten der „Kritiker" hervorriefen. Genau hier spielt das Wechselwirkungsprinzip eine wichtige Rolle, denn genau das passierte in der ganzen Zeit. Das Wort „Kritiker" werden wir noch einige Male lesen. Die Damen und Herren, die so dermaßen gegen uns feuern, bezeichnen sich ja selbst auch genauso.

Ja, es gab in diesem Hin und Her auf beiden Seiten Aussagen und Handlungen, die so in dieser Form nie hätten geschehen dürfen. Dazu gab es aber, ganz besonders auch von meiner Frau Claudia, öffentliche Entschuldigungen und Erklärungen, die von den „Kritikern" jedoch nicht angenommen wurden.

# Der Geburtstag und die Bustour

Ein paar Monate nachdem Katharina gestorben war, stand uns als Familie ein Tag bevor, der wohl jede Mutter und jeden Vater, die bereits ein Kind verloren haben, vor ungeahnte Emotionen stellt: der nächste Geburtstag des Kindes ohne das geliebte Kind!

Die Gefühle, die rund um diesen Tag in uns vorgingen, kann ich kaum beschreiben. Schon Wochen vorher versuchte besonders Claudia, sich mental darauf vorzubereiten.

Die vielen Followerinnen und Follower auf der Facebookseite und in Tiktok gaben ihr unglaublich viel Halt. In einem Live auf Facebook, in dem sie über ihre Gefühle und die Angst vor diesem Tag sprach, sagte sie im Spaß, dass sie alle Followerinnen und Follower einlädt und wir den Geburtstag von Katharina gemeinsam an ihrem Grab feiern würden. Ob dies einige der „Kritiker" zu ernst genommen hatten, kann ich nur vermuten, denn was daraus resultierte, machte uns wirklich sprachlos.

Zugegeben, die Aussage mag wenig durchdacht gewesen sein, aber von den vielen Followern auf der Seite gab es nicht eine ernstzunehmende Anfrage diesbezüglich. Niemand nahm diesen Vorschlag zum Anlass, eine Teilnahme an Katharinas Geburtstag zu planen.

Unsere „Kritiker" allerdings leiteten daraus die erste Aktion ab, die nach Katharinas Tod auch außerhalb von Facebook stattfinden sollte. Sie schrieben E-Mails an das Friedhofsamt unserer Stadt und teilten dort mit, dass wir eine große Feier auf dem Friedhof veranstalten wollten.

Doch nicht nur das. In den sozialen Medien wurde auf mittlerweile einschlägig bekannten Profilen und in Gruppen von verschiedenen Busfahrten berichtet. Man kündigte vollmundig an, man wolle sich ebenfalls beim Friedhof treffen. Nach den letzten Wochen war das für uns eine fürchterliche Vorstellung.

Es sollte ein besonderer Tag werden und das Auftreten der „Kritiker" hätte ihn zerstört.

Die sehr wahrheitsgemäß formulierten Aussagen der „Kritiker" führten nun leider zu einer sehr unglücklichen Aussage von Claudia. Sicher sollte man bedenken, dass mittlerweile monatelange und andauernde Trauer in Kombination mit der Provokation der „Kritiker" keine gute Mischung war. So sagte Claudia, sie mögen doch alle kommen, und mit einem scherzhaften Lächeln ergänzte sie, sie würde ihnen „auf die F..... hauen". Vielleicht schlucken Sie jetzt auch, und das ist verständlich, denn natürlich sollte man so etwas nicht öffentlich sagen.

Jeder, der es miterlebt hat und sich daran erinnert, weiß aber vermutlich noch, dass man deutlich an der Stimmlage erkennen konnte, dass diese Aussage spöttisch gemeint war. Bis heute ist der Satz eine der immer wiederkehrenden Begründungen der „Kritiker", wieso man nicht schon längst aufgehört hat.

Selbstverständlich haben wir auch viel über diese Situation gesprochen und genau dafür hat sich Claudia mittlerweile mehrmals entschuldigt. Sie hätte es natürlich auch nicht getan.

Der Geburtstag unserer verstorbenen Tochter war einer der herausforderndsten Tage in unserem Leben. Wissen Sie, auf gewisse Dinge kann man sich nicht vorbereiten. Sie geschehen einfach und plötzlich ist man wie gefangen in diesen Situationen. Wir hatten wirklich großen Respekt vor dem Tag, an dem Katharina zwölf Jahre geworden wäre, und die Unsicherheit, ob es zu einer Konfrontation im Umfeld des Friedhofs kommen würde, machte es nicht besser. Aber es gab auch kein Entkommen vor diesem Tag und dieser Herausforderung. Und dennoch war die Art und Weise, wie wir den Tag gestaltet haben, ein heilsamer Moment für unsere Trauer.

Vielleicht ahnen Sie es schon, aber es war kein „Kritiker" vor Ort und wir waren sehr froh und dankbar. Einige der „Kritiker" wollten es sich vielleicht selbst nicht eingestehen, dass sie zu viel heiße Luft verbreitet hatten, und so gab es tagelang noch Behauptungen, man wäre dort gewesen. Nein, sie waren nicht da! Niemand der damaligen „Kritiker" war an diesem Tag auf dem Friedhof oder bei uns!

Obwohl diese ganze Unruhe im Vorfeld des Geburtstages sehr belastend war, finde ich es nach wie vor äußerst erstaunlich, mit welchem Reichtum an Phantasie einige Menschen offensichtlich gesegnet sind. So konnte man in den Beiträgen der „Kritiker" zur Geburtstagsfeier unserer Tochter einige Geschichten lesen, die mich auch zum Lachen brachten.

Ein Herr, dessen Name, wie auch alle anderen in diesem Buch, nicht genannt wird, erzählte von einer Wandergruppe, die sich in unserem Ort traf. Er selbst wäre Mitglied eben dieser Wandergruppe gewesen und man hätte nach dem Treffen auf dem Friedhof noch in einem Restaurant etwas gegessen. In geselliger Runde hätte man sich dabei mit meinem Bruder unterhalten, der ihnen offensichtlich erzählte, welchen schlechten Ruf ich hätte und dass er mit mir nichts zu tun haben wollte. Das Blöde bei dieser Sache ist nur, dass ich in meinem ganzen Leben wissentlich nie einen Bruder hatte.

Diese phantasievolle Geschichte ist nur eine von weiteren, auf die ich später noch eingehen werde.

Die Tatsache, dass die Bustour offenbar nicht stattgefunden hatte und auch die angebliche Wandergruppe nicht existierte, ließ deutlich erkennen, worum es den Menschen bei ihren Aussagen ging. Sie wollten uns womöglich nur verunsichern und wieder einmal eine schwierige Situation in unserem Leben nutzen, um ihre eigenen Ziele zu verfolgen.

Der besagte Tag war eine emotionale Achterbahnfahrt. Niemand sollte den Geburtstag seines Kindes auf dem Friedhof feiern müssen. Es fühlt sich nicht richtig an. Die Gefühle und Gedanken lassen sich nicht richtig begreifen und auch nicht beschreiben. Dieser Tag wird immer ein besonderer Tag bleiben. Wir haben für uns gewisse Dinge, die wir jedes Jahr an diesem Tag zelebrieren und damit unserer Tochter gedenken. Es bleibt die Erinnerung an gemeinsame Geburtstage und für uns leider auch an die Geschehnisse im Vorfeld des 12. Geburtstages am 26. August 2023, nur vier Monate nach ihrem Tod.

# Katharinas Auto

Apropos Bus. Ein ganz großer Schritt stand uns noch bevor. Katharinas Auto, oder besser gesagt, das Fahrzeug, mit dem wir Katharina seit neun Jahren transportiert hatten, stand noch auf dem Hof. Das Auto, mit dem wir zum Reiten und Ausflügen gefahren waren. Es war das Auto, in dem wochenlang der Rollstuhl darauf gewartet hatte, dass Katharina wieder mit nach Hause genommen werden könnte. Mit diesem Auto bin ich täglich ins Krankenhaus gefahren. In diesem Auto habe ich einige Nächte vor der Klinik übernachtet. Die Gedanken kreisten immer wieder darum, ob wir es behalten oder abgeben sollten.

Für uns war es einfach zu groß. Einen Ford Transit mit rollstuhlgerechtem Umbau brauchten wir nicht mehr und auch die laufenden Kosten waren unverhältnismäßig hoch. Tagelang überlegten wir, was das Sinnvollste sein würde. Im Herzen wollten wir das Auto nicht weggeben, aber wofür sollten wir es behalten? Dass wir immer wieder schmerzlich daran erinnert werden, welche schönen und traurigen Momente wir damit erlebten?

Nach reiflicher Überlegung entschieden wir, das Auto zu verkaufen. Dabei war es uns aber sehr wichtig, dass es jemand bekommen sollte, der es auch tatsächlich brauchte und nicht irgendein Händler, bei dem man nicht wusste, was er damit vorhatte.

Wir fanden eine Familie, die das Auto wirklich sinnvoll verwenden konnte, und das gab uns immer ein gutes Gefühl. Mit dem Verkauf des Autos war auch das Geld für den Grabstein und die Einfassung zusammen und wir teilten dies den Followerinnen und Followern mit.

Aber raten Sie mal, was nun passierte.

Richtig, die „Kritiker" warteten schon ganz ungeduldig auf Nachrichten zum Fahrzeug. Und wieso? Weil man wieder das nächste Thema hatte, mit dem man schön weiter Öl ins Feuer gießen konnte. Es reichte nicht, dass man sich darüber den Kopf zerbrach, für welchen Betrag es verkauft wurde. Nein, man schickte sogar jemanden hier vorbei, um nachzusehen, welche Autos vor unserem Haus standen. Was sollte das denn?

Die Grenzen zwischen Aktivitäten der „Kritiker" im Internet und denen, die mittlerweile auch unser persönlichstes Umfeld betrafen, verschwammen immer mehr.

Niemals hätte ich es für möglich gehalten, dass Menschen so voller Neugier sein konnten. Offensichtlich gab es Leute, die alles bis ins kleinste Detail wissen mussten. Und wozu sollte das etwas bringen? Wollte man sich profilieren, weil man Dinge wusste, die andere unbedingt wissen wollten? Suchte man Aufmerksamkeit durch diese Aktionen?

Es ist mühsam, sich ständig darüber Gedanken zu machen, und so schlossen wir gedanklich auch dieses Kapitel nach einiger Zeit.

# Auch wir machten Fehler

Unfehlbar zu sein, kann wohl niemand von uns von sich behaupten. Auch wir können und wollen das nicht. Erst recht nicht, wenn man monatelang mit übelsten Verleumdungen, Beleidigungen und Spott konfrontiert wird, ist es nur eine Frage der Zeit, bis man sich zu einer Gegenreaktion hinreißen lässt. Erinnern wir uns an das Wechselwirkungsprinzip. Manchmal ist es überhaupt nicht möglich, einfach nichts zu tun. Es war ja nicht nur die Trauer um unsere geliebte Tochter, sondern auch der immer weiter zunehmende Hass, der uns von einigen Menschen entgegenschlug.

Eines Abends kam Claudia auf die Idee, sie könnte ja mal den Menschen vor Augen führen, wie es sich anfühlen kann, wenn man sich über Bilder dieser Personen so lustig macht, wie diese Menschen es mit unseren Bildern taten. Sie suchte die Facebook-Profile der Damen und Herren auf, die am lautesten und am meisten gegen uns pöbelten.

Auf den Profilen gab es einige öffentlich zugängliche Bilder, die für jedermann sichtbar waren. Frauen, die sich in knappen Kleidern und zweideutigen Posen hatten ablichten lassen, oder deren Männer sich halbnackt auf Fotos zeigten. Ich könnte noch weitere Bilder beschreiben, doch es geht ja nicht um die einzelnen Motive. Aber genau diese Menschen urteilten darüber, welche Fotos von Katharina oder meiner Frau auf der Facebookseite veröffentlicht wurden. Genau diese Menschen nahmen es zum Anlass, zu kritisieren; Katharina hätte sich ja nicht weigern können, auf den Fotos zu sein. Mancher Hund auf den Bildern konnte es möglicherweise auch nicht äußern, ob er öffentlich gezeigt werden wollte.

Claudia beschloss, sich einen kleinen Spaß zu erlauben, und druckte einen ganzen Schwung verschiedener Fotos aus. Sie gruppierte sie mühsam und zeitaufwändig in verschiedene Themenbereiche.

Na, schon eine Idee, wie es weitergeht?

Und dann war er da, der Tag, an dem in einem Live auf der Facebookseite die „Kritiker" selbst merken sollten, wie schlimm es ist, wenn man sich über das Leben anderer eine Meinung bildet und sich lustig macht.

Um zu demonstrieren, dass sie nichts weiter mit den Fotos machen würde, zeigte sie jedes Bild einzeln in die Kamera und zerriss es danach vor den Augen der Zuschauer wieder.

Leider, aber auch irgendwie absehbar, wurde der Grund, warum die Bilder zerrissen wurden, von den „Kritikern" etwas falsch aufgenommen und zu ihrem eigenen Nutzen verdreht. Man stellte es so dar, dass Claudia mit dem Zerreißen der Bilder ihre Verachtung zeigen wollte und nur dieses Zerreißen im Mittelpunkt der Aktion stand.

Dies war, wie schon beschrieben, überhaupt nicht beabsichtigt. Die Zuschauer hatten Spaß an dieser Aktion und man kann es auch nicht leugnen, dass sich bei Claudia für einen Moment ein befreiendes Gefühl eingestellt hatte. Bis heute ist das eine immer wiederkehrende Geschichte auf Seiten der „Kritiker".

Man kommt damit noch immer nicht klar, obwohl es eine einmalige Aktion war. Gar nicht auszudenken, wenn dies täglich und wiederholt passiert wäre.

Ich schrieb ja bereits, dass unter dem ständigen Druck der „Kritiker" nicht immer alles so abgelaufen ist, wie man sich das vorgenommen hatte. Gerade dann, wenn man in einem Live ist, welches man weder zurückspulen noch direkt einzelne Sätze rausschneiden kann, passieren leider auch Fehler. Sicher kennen Sie so etwas auch aus dem Fernsehen, wenn in einer Unterhaltungssendung plötzlich etwas schiefgeht. Fehler gehören zu uns Menschen und sind dafür da, dass wir etwas aus ihnen lernen können.

Hat man allerdings „Kritiker", die jedes einzelne Wort, jede noch so kleine Bewegung und einfach alles über einen Menschen analysieren, muss man umso mehr darauf achten, was man macht und wie man sich verhält. Nicht leicht, wenn man immer und immer wieder angegriffen und beschimpft wird. Auch die Trauer ist ein weiterer erschwerender Faktor.

Als es in einem Live darum ging, warum unsere tote Tochter Katharina von den Followern Geschenke für die Dekoration ihres Erdenbettchens bekommen würde, rutschte Claudia eine sehr ungünstige Formulierung heraus.

Sie versuchte zu erklären, dass Katharina durch die Facebookseite und die vielen lieben Menschen, die uns über etliche Jahre begleiten, nicht unbedingt mit Kindern zu vergleichen ist, die nicht so in der Öffentlichkeit präsent sind. Sie verwendete dabei eine sehr ungünstige Formulierung, die natürlich für ordentlich Sprengstoff sorgte und für die sich Claudia selbstverständlich in einem extra Video entschuldigte. Hauptsächlich waren es aber auch hier wieder die „Kritiker", die genau hingehört hatten und es natürlich wieder als Teil der Instrumentalisierung nutzten.

Manchmal schaut man sich das Live selbst noch einmal an und merkt dabei, was gut und was schlecht war. Dies gehört zum Reflektieren eigener Handlungen dazu und ist besonders wichtig, wenn man ohnehin in der Öffentlichkeit unterwegs ist.

Pure Verzweiflung durch Trauer und Mobbing, die es manchmal fast unmöglich machte, klar zu denken.

# Entschuldigungen verpuffen

Reflektiert man selbst seine Handlungen und stellt dabei fest, dass man andere Menschen dadurch verletzt haben könnte, besonders auch durch Aussagen, sollte man auch den Mut haben, sich zu entschuldigen. Claudia und ich sprachen viel über diese Situationen und so kam sie letztlich zu dem Entschluss, sich in einem Live für bestimmte Aussagen und Handlungen zu entschuldigen.

Nach allem, was Sie bisher über unsere „Kritiker" erfahren haben, ahnen Sie eventuell schon, wie dies aufgenommen wurde. Was meinen Sie?

Falls Sie nun vermutet haben, dass die „Kritiker" diese Entschuldigungen angenommen haben könnten, muss ich Sie leider enttäuschen. Selbst dies wurde wieder verdreht und auf eine vollkommen andere Art und Weise dargestellt.

Es war sogar die Rede von Anzeigen gegen Claudia, weil sie die Bilder zerrissen hatte, und von Sammelklagen einzelner „Kritiker". Bis heute kam nichts dergleichen.

Selbstverständlich wurde es so dargestellt, dass nur einzig und allein diese Androhungen bei Claudia dafür gesorgt hätten, sich zu entschuldigen.

Wenn es um Mobbing geht, scheint es für einige Menschen überhaupt keinen Unterschied zu machen, wie sich eine Person verhält. Hat man sich einmal auf jemanden eingeschossen und ist die Gruppe erst einmal formiert, läuft man zu Hochform auf. Und genau dann werden selbst Entschuldigungen in der Luft zerrissen.

Nach einigen Monaten, in denen Mobbing und Hetze sozusagen Teil meines Lebens sind, kann ich manchmal nicht verstehen, was in den Menschen vorgehen muss, um sich so zu verhalten. Erwachsene Menschen gruppieren sich zusammen, um alles immer und immer wieder schlechtzumachen. Sie kennen diesen Menschen nicht, aber urteilen und verurteilen diese Person auf vielfältige Weise.

Wer gibt diesen Menschen das Recht dazu, sich so zu verhalten?

# Beerdigung und Grabstein

Unsere kleine Katharina hatte in ihrem kurzen Leben viele Menschen mit ihrer andauernden Fröhlichkeit regelrecht in ihren Bann gezogen. Sie zeigte, wie glücklich man sein konnte, obwohl es das Leben nicht immer gut meinte. Als Familie waren wir für viele Menschen mittlerweile zu einem Bestandteil des Alltags geworden. Einige warteten immer schon darauf, wann Claudia wieder etwas Neues veröffentlichte.

Neben Katharina als Person dürfte es wohl auch die sehr authentische Art und Weise gewesen sein, mit der Claudia aus unserem Leben berichtete und mit der viele Menschen regelrecht bei den einzelnen Beiträgen hängengeblieben waren.

Ganz besonders war es aber auch das unbeschwerte Lächeln unserer Tochter, das über die zurückliegenden Jahre so viele Menschen auf der Facebookseite und in Tiktok zusammenführte.

Die Welle der Anteilnahme nach Katharinas viel zu frühem Tod war enorm. Menschen, die wir nicht persönlich kannten und die uns nur über das Internet kennengelernt hatten, fragten, was sie tun konnten, um uns in dieser schweren Zeit zu unterstützen. Katharinas Patentante hatte die Idee, einen Spendenaufruf für Katharinas Beerdigung ins Leben zu rufen. Es sollte eine Beisetzung sein, wie man sie sich für ein kleines elfjähriges Mädchen wünscht.

Es war unglaublich, wie viele Menschen sich daran beteiligten, und wir waren sehr gerührt von dieser großen Anteilnahme. Nur durch die Unterstützung so vieler lieber Menschen konnten wir für unsere geliebte Tochter eine so unvergessliche Beerdigung ermöglichen. Noch heute sind wir unendlich dankbar für jede einzelne Unterstützung.

Einige Monate nach Katharinas Beerdigung stand das nächste schwierige Thema vor uns, mit dem wir uns auseinandersetzen mussten und welches die Endgültigkeit des Verlusts noch einmal enorm verdeutlichen sollte.

Die Einfassung von Katharinas Erdenbettchen und ein Grabstein mussten ausgesucht und mit dem Steinmetz besprochen werden.

Es war manchmal unerträglich, wenn wir mit dem Steinmetz über die Gestaltung des Grabsteins sprachen.

Wir waren uns einig, dass wir für Katharina ein helles Material wollten, denn ein schwarzes Material hätte nicht zu ihr gepasst. Der Tod muss auch nicht immer mit der Farbe Schwarz verbunden werden, und besonders bei einem Kind wollten wir helle und freundliche Farben.

Manchmal war das alles so surreal und ein anderes Mal so sehr greifbar, dass wir am liebsten aus der Situation geflohen wären. Aber das ging nicht. Es war und ist Teil des Schicksals, das uns auferlegt wurde.

Wir gingen auch damit sehr offen um und teilten es mit der Gemeinschaft auf Facebook und TikTok, denn es war nun unser Leben und wir gaben den Menschen weiterhin Einblick.

Obwohl wir überhaupt nicht damit gerechnet hatten, bekamen wir auch in den Wochen, die nun bereits hinter uns lagen, immer wieder Nachrichten von Menschen, die uns fragten, was man für uns tun könnte. Es war fast so, als wollten uns die vielen Followerinnen und Follower nicht alleine lassen mit unserem Schicksal und den Herausforderungen, in denen wir uns befanden und die noch vor uns liegen sollten.

Es gab Menschen, die direkt fragten, ob sie etwas zum Grabstein dazugeben könnten, und wieder andere wollten Geld für Blumen und Grabgestecke senden. Wir waren absolut überwältigt von so viel Zuspruch und besonders davon, wie unser kleines Mädchen offenbar zu Lebzeiten, aber auch über ihren Tod hinaus, die Menschen berührt hatte. Es war deutlich, wie viele Menschen etwas dazu beitragen wollten, dass Katharina nicht nur eine schöne Beerdigung, sondern nun auch einen Grabstein für ihre letzte Ruhestätte bekommen sollte, der uns und alle Menschen, für die sie etwas Besonderes war, immer an sie erinnern wird.

Claudia erzählte unter anderem in Videos, Beiträgen und Live-Übertragungen in den sozialen Medien, dass wir so viele Anfragen bekommen hatten. Sie informierte auch die Followerinnen und Follower, wie sie sich am Grabstein beteiligen konnten, wenn sie es wollten.

Ob man das nun zum damaligen Zeitpunkt gut oder nicht gut fand oder auch heute, viele Monate später, diese Sache als Grund für Kritik sehen möchte, liegt in der subjektiven Wahrnehmung des Betrachters. Es wurde niemand und zu keinem Zeitpunkt zu etwas gezwungen. Es fand auch kein Betteln statt, wie es immer wieder dargestellt wurde. Tatsache bleibt, dass jegliche Unterstützung immer absolut freiwillig war.

Selbstverständlich war auch dies nun wieder ein gefundenes Fressen für die „Kritiker" und ist bis heute ein gerne verwendetes und immer wieder neu aufgewärmtes Thema. Selbst die Qualität und die Kosten für den Grabstein wurden ein paar Mal angezweifelt. Wieso war es nicht möglich, einem toten Kind diesen Grabstein zu gönnen?

Zugegeben, es klingt wirklich seltsam, wenn man das so liest. Aber in der Tat ist es für mich persönlich doch sehr fraglich, warum sich fremde erwachsene Menschen derartige Gedanken über Material, Aussehen und Kosten für die Grabeinfassung und den Grabstein gemacht hatten. Einige wollten sogar bei Steinmetzen nachfragen, welche Kosten mit so einem Stein verbunden wären. Manche gingen so weit, dass sie gegenüber einem Steinmetz wohl erzählten, sie würden für eine verstorbene Person einen Stein suchen, und zeigten das Bild von Katharinas Grabstein.

Was bitte kann der Grund für ein solches Verhalten sein? Neid, Missgunst oder mangelnde Empathie? Ich überlasse Ihnen als Leser die Einschätzung dazu. Die Formulierungen der Beiträge zeigten jedoch, dass es mehr war als reines Interesse.

# Briefe und Päckchen

Wir sind vermutlich nicht die einzigen Menschen, die auf Facebook oder in anderen sozialen Medien eine Seite oder ein öffentliches Profil betreiben und von Followerinnen und Followern kleine Geschenke erhalten.

Im Laufe der Jahre, in denen ich sowohl privat als auch beruflich mit den sozialen Medien zu tun hatte, konnte ich einige Seiten und Profile finden, auf denen man mehr oder weniger offen mit Geschenken umgeht. Üblicherweise findet man auf all diesen Seiten auch die eine oder andere Kritik. So war es bei uns natürlich auch, und wenn wir Kommentare hatten, die klar zum Ausdruck brachten, dass sie das nicht gut fanden, wurden die Verfasser blockiert. Wir haben diese Meinungen zur Kenntnis genommen, aber wieso sollte man jemanden weiterhin der Seite folgen lassen, der das nicht gut findet, was wir dort machen?

Wie ein Seitenbetreiber mit Kritik und grenzwertigen Kommentaren auf seiner Seite umgeht, ist jedem selbst überlassen. In gewisser Hinsicht ist es ja auch ein Schutz für die eigene Seele, wenn man es nicht an sich heranlässt. Ob das Blockieren nun richtig oder falsch war, lässt sich heute und rückwirkend nicht immer zweifelsfrei feststellen.

Doch nun zurück zum Thema der Geschenke, die als Briefe und Päckchen immer wieder mal bei uns ankommen. Schon in den Jahren, in denen Katharina noch lebte, gab es viele Followerinnen und Follower, die Katharina und uns eine Freude machen wollten. Oft wurde Claudia direkt angeschrieben und gefragt, womit man uns eine Freude machen könnte.

Irgendwann kam Claudia die Idee, Wunschlisten bei einem großen Versandhandel zu erstellen, auf der Dinge waren, die wir entweder für Katharina benötigten oder die sich die Jungs wünschten. Das machte es wesentlich einfacher, da man sich ja auch nicht immer daran erinnerte, was man wem geschrieben hatte und wer tatsächlich was gekauft hatte.

So war es für alle am einfachsten, denn man konnte bei Fragen nach Wünschen den Link versenden und auch sehen, was davon bereits gekauft wurde.

Ich vergleiche das gerne mit einem Geschenktisch, den ein Brautpaar für eine Hochzeit zusammengestellt hat, oder einer Geschenkekiste, die ein Kind für seinen Geburtstag erstellt hat. Es ist doch in erster Linie eine Hilfestellung für jemanden, der etwas schenken möchte. Die Mehrheit der Followerinnen und Follower hatte auch niemals ein Problem damit.

Diese Wunschlisten waren für Menschen, die freiwillig etwas schenken wollten, und nicht eine Aufforderung, etwas kaufen zu müssen. Leider gab es Menschen, die es aber genau in diese Richtung auslegten. Der Vorwurf der „Bettelei" war von den „Kritikern" ins Leben gerufen worden.

Ja, ich kann mir vorstellen, was Sie vielleicht jetzt denken. Wenn man in der Öffentlichkeit ist, muss man ja damit rechnen, dass es auch kritische Töne zu so etwas gibt. Und ja, ich gebe Ihnen damit auch Recht.

Allerdings gibt es in den sozialen Medien eine ganze Menge Menschen, die mehr oder weniger authentisch damit umgehen. Während die einen offen und direkt sind, machen es andere eher indirekt und über Dritte.

Natürlich verwenden die „Kritiker" die Geschenke für ihre eigene Darstellung. Es wurde mehrfach behauptet, wir hätten unsere Tochter nur auf den Fotos und Videos gezeigt, um Geschenke zu erhalten. Ganz sicher nicht!

Nun ja, verdrehte Worte und eine eigene Wahrheit haben wir in der ganzen Zeit, in der wir das Ziel von Mobbing, Hass und Hetze waren, einige gehört. Das dazugehörige Kapitel wird es verdeutlichen. Jetzt vertiefen wir erst einmal die Sache mit den Briefen und Päckchen noch etwas weiter.

Bevor wir allerdings dazu kommen, sollte auch erwähnt werden, dass es auch umgekehrt einige Dinge gab, die wir an die Followerinnen und Follower verschickt hatten. Obwohl es Claudia sichtlich nicht leichtgefallen war, packte sie Dinge unserer verstorbenen Tochter zusammen und verloste mehrmals Pakete für andere Kinder.

Auch von unseren Büchern wurden in Verlosungen oder anderweitig mehrere Exemplare an Menschen verschenkt.

Auf der Seite war eine Gemeinschaft entstanden, die sich gegenseitig unterstützte, und wenn es nur liebe Worte waren, die man sich in den Kommentaren schrieb. Diese Gemeinschaft machte die Seite aus und war so etwas wie das Vermächtnis unserer Katharina.

Falls Sie auch der Meinung sind, dass man keine Geschenke von fremden Menschen annehmen sollte, akzeptiere ich dies selbstverständlich. Ein gewisses Risiko ist natürlich ebenfalls dabei, wenn man seine Adresse an andere Menschen weitergibt. Bisher gab es glücklicherweise keine Probleme damit, doch dies änderte sich nun.

# Hassbriefe und andere Schweinereien

Obwohl bereits durch einige Äußerungen im Internet gewisse Grenzen überschritten wurden, hatten einige der „Kritiker" offenbar noch nicht genug. Angestachelt durch die Tatsache, dass es Followerinnen und Follower gab, die uns zu bestimmten Anlässen kleine Aufmerksamkeiten schickten oder sich an Katharinas Todestag an der Aktion „Himmelspost" beteiligten, erreichten uns nun auch erstmalig Hassbotschaften außerhalb des Internets.

Es kamen beispielsweise Päckchen, die von einem anonymen Schenker bei einem Online-Versandhandel beauftragt wurden und deren Inhalt aus Mehl und anderen Küchenutensilien bestand. Heute, nachdem wir einige Beweise dazu gesammelt haben, wissen wir, dass diese Aufmerksamkeiten Teil einer abgestimmten Aktion waren, um wieder zu provozieren. Man dachte, dass diese Päckchen mit den anderen zusammen in einem Live geöffnet werden, was zu entsprechenden Reaktionen hätte führen sollen. Doch diese gab es nicht, denn die Pakete wurden vorher schon geöffnet.

Doch es waren nicht nur Päckchen mit solchen Inhalten. Wir erhielten sogar Drohbriefe, in denen neben hasserfüllten Worten auch Medikamente für verschiedene körperliche Leiden enthalten waren.

Krönender Abschluss war jedoch ein Päckchen, welches besonders deutlich machte, was durch diese ganze Hetze und die damit verbreiteten Lügen gegen uns bereits bei einigen Menschen geschehen war.

Der Postbote klingelte an unserer Tür und überbrachte ein kleines Päckchen, in dem es leicht raschelte. Ich kann mich noch genau daran erinnern, weil ich es selbst angenommen hatte. Am späten Nachmittag packten wir einige Päckchen, darunter auch das mit dem raschelnden Inhalt, aus. Eingehüllt in Küchenrolle kamen mehrere Stücke Katzenkot zum Vorschein.

Ja, Sie lesen richtig.

Es waren die Exkremente einer Katze.

Da der Absender, wie auch bereits bei den anderen Päckchen und Briefen, nicht eindeutig zu identifizieren war, standen die Chancen nicht sehr gut, den wahren Absender und Urheber dieser Schweinerei ausfindig zu machen.

Ich verstehe es wirklich nicht, aber was bringt Menschen dazu, solche Dinge zu machen? Man investiert Geld, wie im Beispiel mit den Sendungen vom Online-Versandhandel, um zu provozieren. Man versendet Medikamente und Katzenkot. Wie abgrundtief muss der Hass dieser Menschen sein?

Nicht verwunderlich war es, dass diese Aktionen auf Seiten der „Kritiker" gefeiert und gleichzeitig aber auch infrage gestellt wurden.

Wir gingen immer und jederzeit offen mit dem um, was mit uns seit vielen Monaten gemacht wurde. Und wie bereits erwähnt würden wir heute gewisse Dinge anders machen und auch das eine oder andere gar nicht mehr ansprechen.

Wenn jemand ein persönliches Problem damit hat, dass Menschen uns kleine Aufmerksamkeiten zukommen lassen oder Briefe senden, rechtfertigt dies noch lange nicht diese Dinge. Es gibt keinen Grund für solche Aktionen.

Das Internet gibt Menschen heutzutage eine Plattform, sich über alles und jeden auszutauschen. Dies ist einerseits positiv und wichtig, denn damit kann auch viel Leid verhindert werden. Andererseits ermöglicht es aber auch sehr einfach, dass sich Menschen zusammenfinden, um sich gemeinsam gegen andere zu stellen. Oftmals sehen diese Menschen nicht mehr, dass sie bereits Teil von Mobbing im Netz sind.

## Foto der Postsendung mit Medikamenten:

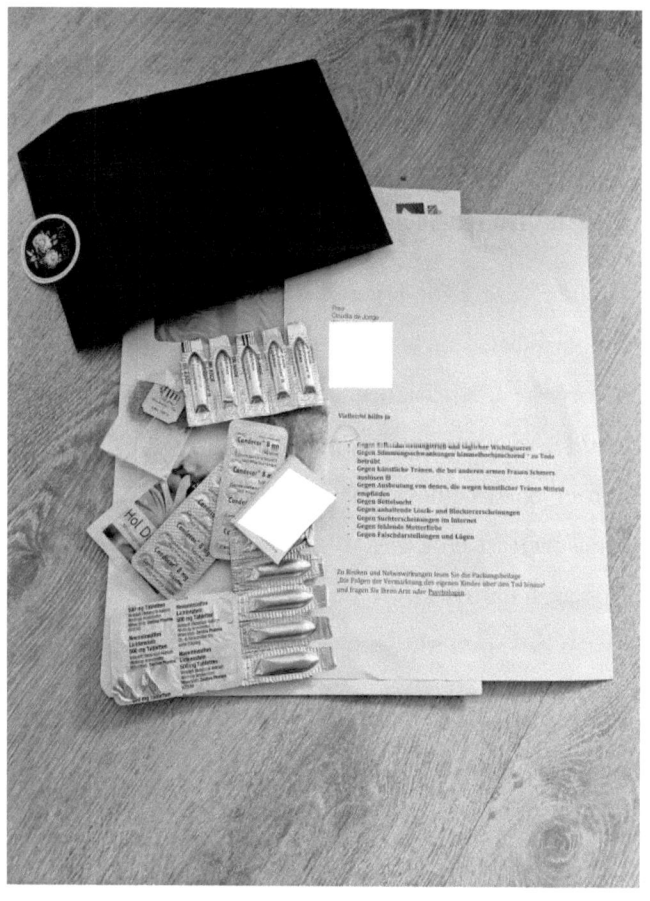

# Verdrehte Worte und die eigene Wahrheit

Es kommt relativ häufig vor, dass Betroffene von Mobbing berichten, dass so einige Lügen erfunden wurden, um den Menschen zu schaden. Auch wir haben damit unsere Erfahrungen gemacht. Ich darf Sie nun an einzelnen Geschichten teilhaben lassen, die man sich über uns hat einfallen lassen. Seien Sie gespannt.

Woher diese erfundenen Geschichten stammen, kann ich wirklich nicht sagen. Möglicherweise waren notorische Lügner am Werk oder aber Menschen, die in ihrer eigenen Eitelkeit verletzt wurden? Was auch immer dazu geführt hat, der Einfallsreichtum einiger Menschen ist großartig. Bis heute halten sich einzelne Aussagen hartnäckig, ohne dass sie von den „Kritikern" jemals bewiesen wurden.

Die zwei Behauptungen, die zu meinen Top-Aussagen gehören, sind auf Platz 1 „Ich / wir würden nicht arbeiten gehen" und auf Platz 2 „Ich / wir würden unser Leben durch Spenden finanzieren".

Wenn man dies nun so liest, könnte man als außenstehende Person, die uns nicht kennt, natürlich den Eindruck gewinnen, dass es so wäre. Woher sollte man denn auch das Gegenteil wissen?

Selbstverständlich ist es nicht so, und selbst die „Kritiker" haben oft genug bewiesen, dass dies nicht stimmt. Haben doch einige sehr intensiv nach meinen beruflichen Tätigkeiten der letzten Jahre recherchiert und manche sogar bei meinem aktuellen Arbeitgeber angerufen. Dass dies einen sehr deutlichen Eingriff in meine Privatsphäre darstellt, muss ich sicher nicht weiter ausführen und erklärt sich von selbst. Doch die Tatsache, dass man etwas behauptet und im gleichen Moment weiß, dass ich sehr wohl einen Beruf ausübe, lässt mich persönlich mit großen Fragezeichen in den Augen innehalten.

Oder was meinen Sie?

Gleichermaßen ist auch die Behauptung, wir würden unser Leben durch Spenden finanzieren, eine absolute Lüge. Da wir mit Katharina viele Jahre sehr aktiv in den sozialen Medien waren, konnte man natürlich auch mitbekommen, dass beispielsweise der Badumbau zu einem Teil durch Spenden finanziert wurde. Sein ganzes Leben als sechsköpfige Familie durch Spenden zu finanzieren, dürfte jedoch weder möglich noch zielführend sein.

Bei letzterer Aussage könnte ich durchaus die Subjektivität der Wahrnehmung gelten lassen. Für manche Menschen kann es möglicherweise nicht nachvollziehbar sein, dass es durchaus legitim ist, für einen Menschen mit besonderen Bedürfnissen auch Spenden für einzelne Dinge zu bekommen.

Verdrehte Worte sind Klassiker bei dem, was man aus Gesagtem interpretieren kann.

Wissen Sie noch, was ich über das Spiel „Stille Post" geschrieben habe?

Unter unseren „Kritikern" war dieses Spiel womöglich sehr beliebt. Die daraus entstandenen Verfälschungen von Tatsachen und Veränderungen der Wahrnehmung könnten zu einigen der Aktivitäten gegen uns geführt haben.

Über die ganzen Monate hinweg gab es immer wieder neue Geschichten, die entweder verdrehte Behauptungen oder erfundene Märchen waren.

Schon zu Katharinas Lebzeiten gab es das Gerücht, wir hätten jeden, der nach einer Spendenbescheinigung gefragt hatte, blockiert. Mit solchen Behauptungen versuchte man auch jetzt noch, das schlechte Bild von uns weiter aufrechtzuerhalten.

Es gab nie irgendeinen Grund, jemandem eine Spendenbescheinigung des Vereins zu verweigern.

Leider wurden auch die Worte meiner Frau wiederholt verdreht, wenn es darum ging, sie immer und immer weiter zu diffamieren. Vieles, was man gehört hatte, entspricht einer subjektiven Wahrnehmung, die unsere „Kritiker" gerne einmal zu den eigenen Vorteilen umformuliert hatten.

Aus Gesprächen mit anderen Trauernden weiß ich, dass es vielen Menschen ähnlich ging, die sich nach dem Tod eines Angehörigen mit Lügen und verletzenden Aussagen auseinandersetzen mussten. Denn, ob Sie es glauben oder nicht, diese Dinge geschehen auch im realen Leben, ganz unabhängig von den sozialen Medien.

Sie werden auf den folgenden Seiten feststellen, wie viel Energie man aufbrachte, um uns aus den sozialen Medien zu verdrängen.

Bleiben Sie gespannt.

Original-Zitat „Kritiker" über unsere tote Tochter:

*„Das arme Kind! Katharina konnte rein gar nichts zuordnen oder gar verstehen. Kann mir vorstellen das ihr das bewegte Bild oder die Geräusche gefallen haben. Sie hat ja nie irgendwas erlebt außer ihr Leben im Rollstuhl bzw. Wohnung."*

Ich frage mich ernsthaft, woher diese Person das überhaupt wissen will, geschweige denn einschätzen kann.

Beitrag „Kritiker" im Wortlaut wiedergegeben:

*„Notfall Oberramstadt. Moin moin alle zusammen. Hat jemand vlt mal einen Tipp wie ich die meine bekloppte Nachbarin zurück nerven kann :-) Die auf dem Balkon tanzt, claudia von der Büchnerstrasse."*

# Immer die gleichen Themen

Bevor wir uns weiteren Aktionen der „Kritiker" zuwenden, möchte ich die Wiederholungsfrequenz einzelner Aussagen noch einmal genauer aufgreifen.

Es manifestierten sich Aussagen, die sich nach unzähligen Wiederholungen auf diversen Plattformen zu einem richtigen Hass entwickelten. Auffällig war dabei, dass es augenscheinlich immer die gleichen Personen waren und teilweise auch noch sind, die regelmäßig versuchten, mit Sticheleien für neue Aufhänger zu sorgen.

Ein heißes Thema, das immer wieder rauf und runter geschrieben wird, ist, dass wir unsere Tochter vorgeführt hätten. Es wird für Außenstehende so dargestellt, als wären die gesamten Aktionen gegen uns nur dazu ins Leben gerufen worden, um sich gegen Kinderfotos im Internet starkzumachen. Spätestens wenn man sieht, welche Fotos von Beteiligten auf diesen Plattformen selbst geteilt werden, erübrigt sich für den außenstehenden Betrachter möglicherweise dieser Vorwand.

Außerdem entscheiden die Eltern selbst, ob und was sie von ihrem Kind veröffentlichen. Manchmal beinhaltet Fernsehwerbung ebenfalls Kinderaufnahmen, die man hinterfragen könnte.

Wie ist es bei Ihnen? Haben Sie schon einmal Fotos Ihrer Kinder auf Ihrem Facebook-Profil veröffentlicht oder die Freigabe für Fotos im Kindergarten oder der Schule erteilt? Ob es nun gut oder schlecht ist, Fotos von Kindern im Internet zu veröffentlichen, sollte meines Erachtens auch weiterhin in der Verantwortung der erziehungsberechtigten Eltern liegen.

Da wir etwas abschweifen, kommen wir zurück zum eigentlichen Thema.

Parallel zum augenscheinlichen Aktionismus gegen Kinderfotos im Netz etablierten einige „Kritiker" die Behauptung, wir hätten an unserer Tochter einen, Zitat, „wirtschaftlichen Missbrauch" begangen. Ja, Sie haben richtig gehört. Welche Eltern wollen so etwas nur wenige Monate nach dem Tod des eigenen Kindes im Internet lesen? Vermutlich niemand. Doch unsere „Kritiker" propagieren immer wieder dieses Thema.

Möglicherweise führten der offene Umgang mit Spendenaktionen und auch das öffentliche Bedanken für Geschenke zu diesem Eindruck.

Wir, als Katharinas Eltern, können in keiner Weise einen wirtschaftlichen Missbrauch unserer Tochter erkennen und verbitten uns solche Unterstellungen.

Die Bücher, die meine Frau und ich als Teil unserer Verarbeitung der Diagnose und von Katharinas Tod geschrieben haben, halfen uns und anderen Menschen in ähnlichen Situationen.

Ich kann hier ebenfalls keinen wirtschaftlichen Missbrauch erkennen, denn sonst müsste man dies allen Menschen vorwerfen, die über das Schicksal eines Angehörigen oder über den Verlust ihres Kindes ein Buch geschrieben haben.

Schreiben befreit die Seele und hilft oftmals, erlebte Dinge besser verarbeiten zu können.

Um die Darstellungen der „Kritiker" zu unterfüttern, wird zusätzlich behauptet, wir würden Geschenke der Followerinnen und Follower direkt über Second-Hand-Portale verkaufen oder an den Versandhändler zurücksenden, um Gutscheine dafür zu erhalten. Also tatsächlich wussten wir beispielsweise gar nicht, dass es diese letzte Option überhaupt gibt. Wieso beschäftigt sich ein Mensch so ausführlich mit diesen Dingen?

Alle diese Unterstellungen sind offenbar nur ein Vorwand, um immer wieder gegen uns etwas in der Hand zu haben. Diese Dinge sind nicht nur sehr verletzend, sondern auch alles andere als empathisch, wenn man bedenkt, dass wir um unsere geliebte Tochter trauern. Doch mit Empathie scheinen es manche Menschen ohnehin nicht so zu haben, wie wir noch erfahren werden.

Die rechtlichen Aspekte der Lügen und Unterstellungen sollen hier nun nicht weiter bewertet werden. Für diese Dinge gibt es Spezialisten, die sich möglicherweise noch ausführlich damit beschäftigen werden.

Als wäre das nicht schon genug, versucht man obendrein, Claudia zu unterstellen, sie wäre eine schlechte Mutter.

Wenn man Kritik äußern möchte, dann kann man dies gerne konstruktiv machen, aber meine Frau war und ist sicher keine schlechte Mutter!

Man kann nun so oder so darüber denken, wie wir mit dieser ganzen Situation über die vielen Wochen von Katharinas Krankenhausaufenthalt umgegangen waren, und sicher hat auch niemand etwas dagegen, wenn man es entsprechend mitteilt. Diese Sache wird nun aber schon seit Monaten immer wieder öffentlich erwähnt, um meine Frau, die verständlicherweise noch sehr unter Katharinas Tod leidet, zusätzlich zu verletzen.

Ich bin froh, dass Claudia in der Psychotherapie gesagt bekam, dass sie sich keine Vorwürfe machen müsste. Nicht auszudenken, wie ein labiler Mensch vielleicht auf solche Dinge reagieren könnte.

Um die „Kritik" nicht verhallen zu lassen, versuchte man natürlich, diese Themen, ebenso wie die Behauptung, wir würden betteln, immer weiter zu erwähnen. Es ist davon die Rede, dass „arme einsame Follower" sich ihre Zugehörigkeit zur Facebookseite „erkaufen" mussten und ausgebeutet wurden. Lesen Sie den letzten Satz besser noch einmal, denn er entstammt den Federn der „Kritiker", die eben solche Aussagen verwenden, um uns in einem schlechten Licht dastehen zu lassen.

Ich kann Ihnen versichern, dass es selbstverständlich weder einen wirtschaftlichen Missbrauch noch eine Ausbeutung von Followern noch das Erkaufen einer Zugehörigkeit gab und auch nicht gibt. Oder denken Sie, dass wir dann so offen über diese Dinge sprechen würden?

Behauptungen, jeder würde blockiert werden, wenn er nichts schickt, machen immer wieder die Runde. Sie sind Teil einer regelrechten Schmutzkampagne und mehr als nur lächerlich.

Auf der nächsten Seite finden Sie ein kleines Beispiel, was so alles über uns geschrieben wurde.

Beispiel Original-Zitat „Kritiker" zum Thema Spenden (ohne Textkorrektur):

*„Ich würde mich schämen überhaupt noch in der Öffentlichkeit aufzutreten,Live zu kommen mit der ständig gezielten Masche,der Schuld und dem Betrug an , Vereinen Firmen,Followern und sonstigen Spendern die über Jahre und selbst nach dem Tod des Kindes manipuliert und hintergangen wurden indem man ihre Hilfsbereitschaft und Gutmütigkeit ausgenutzt hat und mit Vorsatz dazu gebracht hat im Laufe der Zeit Gelder in hoher uneinsehbaren und nie dargelegten Dimension zu überweisen"*

# Der Fernsehbeitrag und die Kritiker

Vor einigen Jahren wurde für den behindertengerechten Umbau des Badezimmers ein Beitrag eines Fernsehsenders bei uns gedreht. Es ging allgemein um Katharinas Gendefekt, aber auch um ihre besonderen Bedürfnisse durch die Einschränkungen und eben den dringend benötigten Badumbau.

Fast ein Jahr nach Katharinas Tod nahm ich noch einmal mit dem Fernsehsender Kontakt auf. Ich wollte erzählen, was in den Jahren seit dem letzten Dreh geschehen war, und über das neue Buch und meine Tätigkeit als Trauerbegleiter berichten. Als wir erfuhren, dass ein Dreh geplant war, freute uns das natürlich sehr. Es war uns so wichtig, über Katharina und ihren Tod, aber auch über unsere Verarbeitung des Verlusts zu sprechen.

Die Nachricht, dass der Mitarbeiter kommen würde, der auch damals schon bei uns war, machte es zu einem besonderen Tag. Er hatte Katharina vor einigen Jahren beim ersten Dreh persönlich kennengelernt.

Als der Drehtag immer näherkam, wurden auch wir allmählich aufgeregter und bei Claudia machte sich zusätzlich eine große Traurigkeit bemerkbar.

Und dann war da der Tag, an dem wir auf eine andere Art und Weise mit der Vergangenheit konfrontiert wurden. Es wurde sehr emotional und viele Erinnerungen, besonders an zahlreiche schöne Momente mit Katharina, wurden durchlebt. Wir öffneten gemeinsam die Erinnerungskiste, in der wir die wichtigsten Alltagsgegenstände von Katharina aufbewahren. Wir sprachen viel über die Jahre zwischen den beiden Drehs und fuhren gemeinsam zum Friedhof, um Katharinas Erdenbettchen zu besuchen. Hierfür erhielten wir dankenswerterweise die Genehmigung für diesen Tag.

Die Stunden, die wir wie eine kleine Zeitreise empfanden, waren einerseits tröstlich, aber andererseits auch traurig. Das Buch, das für mich eine sehr wertvolle Form der Verarbeitung von Katharinas Tod darstellte, aber auch meine nebenberufliche Tätigkeit als Personal Coach und Trauerbegleiter wurden ebenfalls kurz im Beitrag erwähnt.

Ich hatte bereits erwähnt, dass Schreiben eine gute Form sein kann, etwas Erlebtes zu verarbeiten. Ich kann es an dieser Stelle auch jedem nur empfehlen, es einmal auszuprobieren. Schreiben Sie auf, was Sie beschäftigt, selbst wenn es nur für Sie selbst ist.

Aber kommen wir zurück zum Fernsehbeitrag.

Das Spannende bei Fernsehbeiträgen ist ja meistens, dass man das Ergebnis erst sieht, wenn der Beitrag das erste Mal im Fernsehen zu sehen ist. Wir erhielten auch nur einige Stunden vor der Ausstrahlung die Information, dass es an diesem Tag veröffentlicht wird. Gespannt versammelten wir uns vor dem Fernsehgerät und warteten. Und was soll ich sagen, es war ein sehr gelungener und würdevoller Beitrag über Katharina und unseren Schmerz der Trauer. Abgerundet wurde der Beitrag, indem auch ältere Ausschnitte aus dem damaligen Beitrag zu sehen waren. Es war ein tränenreicher Moment, als wir ihn anschauten.

Wenn man nun so einen Fernsehbeitrag über die eigene Familie und das eigene Schicksal sieht, möchte man es auch gerne mit anderen Menschen teilen, die ihn möglicherweise nicht sehen konnten. Deshalb verlinkten wir ihn und gaben so den Followerinnen und Followern eben genau diese Möglichkeit. Viele freuten sich darüber und andere nutzten wieder einmal diese Möglichkeit, um ihre kritische Meinung über uns zu verbreiten. Selbst auf der Facebookseite des Fernsehsenders wurde allerhand fragwürdiges Gedankengut mitgeteilt, auch wenn man dieses Mal darauf achtete, wie man seine Meinung formulierte.

Aber wir hatten das Thema ja bereits.

Wenn man in der Öffentlichkeit steht, muss man mit so etwas rechnen und auch lernen, damit umzugehen. Wenn man aber vor nicht einmal einem Jahr sein Kind zu Grabe getragen hat und dann größtenteils Lügen und Diffamierungen über sich lesen muss, ist es leichter gesagt als getan, dies alles nicht an sich heranzulassen.

Dieser Vorfall zeigte wieder einmal, dass nichts unversucht gelassen wurde, um Menschen davon zu überzeugen, „welch eine schlimme Familie wir doch sind" – in den Augen der „Kritiker" natürlich und hier bewusst ironisch formuliert.

An dieser Stelle möchten wir uns noch einmal ganz herzlich bei der Redaktion und dem gesamten Team des Senders für den sehr schönen Beitrag über unsere Katharina bedanken.

Können Sie sich eigentlich vorstellen, dass selbst unbeteiligte Menschen in dies alles hineingezogen wurden? Menschen, die manchmal überhaupt nicht wussten, weshalb sie mit irgendwelchen Nachrichten oder Kommentaren über uns belästigt werden?

Ich hätte es auch nicht für möglich gehalten, aber diese Aktivitäten gab es tatsächlich. Es wurde jede Chance genutzt, um weiter die Lügen und Unterstellungen über uns zu verbreiten.

# Meine nebenberufliche Tätigkeit

Bereits im Vorwort hatte ich erwähnt, dass ich nebenberuflich Weiterbildungen zum Psychologischen Berater / Personal Coach sowie zum Trauerbegleiter gemacht habe.

Es war vermutlich absehbar, aber die Reaktionen der „Kritiker" waren auch hier wieder sehr fragwürdig. Natürlich stürzte man sich direkt darauf, als ich anfing, eine Online-Präsenz aufzubauen. Bis heute sorgen meine Beiträge, oder vielmehr ich als Person, für ausreichend Gesprächsstoff bei den „Kritikern".

Bestehend aus Analysen und Unverständnis, aber auch bewussten Versuchen, meine Tätigkeit schlechtzureden, war und bin ich immer wieder Thema. Teilweise hatte man auch keine Skrupel, andere Menschen vor mir zu warnen. Ich frage mich tatsächlich, wen man wegen was hätte warnen müssen, aber ich sagte ja bereits, dass es mir schon zu mühsam geworden ist, die Hintergründe für ein solches Verhalten zu verstehen.

Die meisten „Kritiker" waren von Beginn an hellhörig, und ab dem Zeitpunkt, ab dem ich es öffentlich machte, dauerte es kaum Stunden, bis es die ersten „Meinungen" dazu gab. Diese Meinungen kippten nun teilweise aber nach einiger Zeit in rufschädigende Äußerungen, indem man mich unter anderem als Scharlatan betitelte.

Es war und ist bis heute für mich eine Herzensangelegenheit, anderen Menschen in besonderen Situationen ihres Lebens zur Seite zu stehen.

Mit meinen Weiterbildungen habe ich mir grundlegende Kenntnisse angeeignet, um mit Klientinnen und Klienten im Bereich Personal-Coaching und Trauerbegleitung zu arbeiten. Für die „Kritiker" natürlich noch immer nicht genug.

Zusätzlich versuchte man es jetzt mit „Satire", wie es die „Kritiker" gerne nennen.

Bei den beschreibenden Kommentaren blieb es bei einigen nicht und es wurden Bilder und Videos von mir, genau wie schon vorher von meiner Frau, verwendet und derart verändert, dass sie unsere Persönlichkeitsrechte doch erheblich verletzen. Es gab zu keiner Zeit eine Freigabe zur Verwendung der besagten Bild- und Videoaufnahmen.

Meine Tätigkeit, Menschen in schwierigen Situationen ihres Lebens zu begleiten, erfüllt mich mit Stolz und Freude. Es ist ein unglaublich gutes Gefühl, wenn eine Klientin oder ein Klient dankbar ein Coaching abschließen konnte.

Für mich steht fest, dass das Leben mit unserer verstorbenen Tochter mir über die vielen gemeinsamen Jahre hinweg diesen Weg vorgegeben hat. Ich sehe es als wichtigen Teil in unserer Gesellschaft, für Menschen unterstützend aktiv zu sein.

Es ist mein Leben und nicht das der „Kritiker". Ich lebe mein Leben und ich habe eine tiefe Überzeugung zu allem, was ich in meinem Leben mache. Konstruktive Kritik nehme ich gerne an, da sie mich weiterbringt. Destruktive Kritik oder verletzende Aussagen und Beleidigungen prallen an mir ab.

Es war ein Prozess, diese ganzen Anfeindungen in den letzten Monaten aus dieser Perspektive zu sehen, aber er war notwendig, gut und richtig.

Es ist oft eine Frage der Sichtweise, wie man die Dinge betrachtet. Auch die „Kritiker" machen meine Arbeit zusätzlich interessant.

# Lustige erfundene Geschichten

So schwierig der Umgang mit den ganzen Beleidigungen und Lügen in den vielen Monaten auch war, so gab es aber auch durchaus lustige Geschichten. Es ist eine wirklich tolle Leistung, wenn man eine derart beflügelte Phantasie hat, um sich solche Dinge auszudenken. Einige waren so gut, dass ich Sie gerne daran teilhaben lasse.

Die Sache mit der Nachbarschaft wurde immer mal wieder aus der Schublade geholt. Manchmal war es ein erfundener Kommentar auf einer der Plattformen der „Kritiker", ein anderes Mal ein anonymer Beitrag in einer Ortsgruppe auf Facebook.

Aber lassen Sie sich überraschen und lesen Sie nun, was man so alles über uns wusste oder zu wissen glaubte, von dem wir selbst nicht das Geringste kannten.

*Der Paketbote*

Besonders amüsant fanden wir die Geschichte, in der sich jemand als Paketbote ausgegeben hatte. Es wurde mit Worten, die den Leser vom Wahrheitsgehalt der Geschichte überzeugen sollten, beschrieben, dass die schreibende Person als Paketbote in unserer Straße tätig wäre.

Beim Ausliefern von Paketen hätte man sich reichlich Zeit genommen und mit einem Nachbarn ausführlich über uns gesprochen.

Der ältere Herr, der nach Aussage des Paketboten erst kürzlich in unsere Nachbarschaft zugezogen war, hätte nur Schlechtes von uns gehört. Katharina hätte man nie gesehen und wir hätten im Ort ja schon unseren Ruf weg. Niemand wollte hier etwas mit uns zu tun haben.

Es gibt allerdings gar keinen älteren Herren, der in letzter Zeit in unsere Nachbarschaft umgezogen ist, und die Paketboten sind hier immer so schnell weg, dass man Glück haben muss, wenn man sie noch sieht, wenn sie ein Paket zustellen.

Beitrag „Paketbote" im Wortlaut abgeschrieben als Zitat:

„Heute wurde auf Grund eines Besuchs in ORS mit einem Nachbarn, gegenüber der Familie, gesprochen und nein nicht wie im live erzählt befreundeter Anwalt ( ist ein Herr welcher in Rente ist und etwas mit Steuern zu tun hatte ) Er möchte mit dieser Familie nix zu tun haben und schämt sich sehr. Er lebt erst paar Jahre da und hat Katharina NIE wirklich gesehen. Die wussten nicht mal das die Familie einen Hund hatten. Ich habe mir heute Zeit genommen und mal die Profile der follower welche ständig bei Katharina kommentieren angeschaut. ES SIND fast nur Menschen mit Einschränkungen, viel am Existenzminimum lebenden Menschen oder gar in Einrichtungen. Im Ort ist weder Jens noch Claudia aktiv tätig oder gar bekannt, beliebt ist eigentlich nur der Julian. Auch sind, soweit erkennbar, keine Follower aus ORS auf dem Profil. Ja der Balkontanz hat die Runde in einigen Kneipen, Vereinen und der Schule der Jungs gemacht. Warum ich da war? Bin Fahrdienst von DHL."

*Die Zollkontrolle*

Schon relativ zu Beginn der Angriffe auf meine Familie und mich wurde eine Geschichte von den „Kritikern" offenbar sehr gerne gehört und weiterverbreitet. Es war die Geschichte von der Zollkontrolle, bei der mehrere Fahrzeuge des Zolls vor unserem Haus gestanden und die Beamten eine Hausdurchsuchung durchgeführt hätten. Dabei wären im Keller kistenweise Geschenke und Bargeld gefunden worden. Ich muss gerade schon wieder schmunzeln, während ich das schreibe.

Eine Geschichte, die, wie alle anderen auch, von den „Kritikern" erfunden wurde, um uns zu schaden. Doch der Einfallsreichtum kannte offensichtlich keine Grenzen, wie auch die nächste Geschichte zeigt.

Eine solche Situation, wie sie dort erfunden wurde, gab es nie und wurde von irgendjemandem bewusst erfunden.

Ebenfalls von großem Interesse war für uns die Beschreibung einer ominösen Krankenschwester, die mitteilte, sie hätte bei uns gearbeitet. Genau wie auch bei der Geschichte des Paketboten und bei der erfundenen Zollkontrolle war schnell klar, dass es sich um eine Lüge handeln musste.

In einer Facebook-Gruppe erzählte eine Person in einem anonymen Beitrag, sie wäre bei uns tätig gewesen, um Katharina zu versorgen. Dabei wäre sie immer wieder mit meiner Frau aneinandergeraten, die den ganzen Tag nichts gemacht hätte, außer herumzukommandieren und die Fähigkeiten der angeblichen Fachkraft infrage zu stellen. Es wurde von nicht vorhandener Mutterliebe und weiteren unschönen Behauptungen gesprochen.

Schnell wurde uns klar, dass auch dies wieder eine erfundene Geschichte war, denn so lief es definitiv nicht bei uns ab.

Sie konnten nun an drei Beispielen miterleben, was man sich auf Seiten der „Kritiker" hat einfallen lassen, um immer weiter das Bild einer furchtbaren Familie zu untermauern.

Bis zum heutigen Tag wird zudem behauptet, ich würde nicht arbeiten, was eine jederzeit widerlegbare Lüge darstellt. Leider ist es wirklich traurig, dass einige Menschen scheinbar keine Augen für die Wahrheit haben. Stattdessen haben sie sich offenbar von Lügen und Intrigen derart beeinflussen lassen, dass sie heute nicht mehr aus diesem Kreis herauskommen, ohne ihr eigenes Gesicht zu verlieren oder sich selbst angreifbar zu machen.

Was auch immer dahintersteckt, dass man sich solche Lügen ausdenkt. Es zeigt leider, dass manchen Menschen wohl jedes Mittel recht ist, um anderen zu schaden und sogar die Existenz und das Leben der Menschen zu zerstören, über die sie solche Lügen öffentlich verbreiten.

# Einschüchterungsversuche

Traurige Wahrheit ist leider auch, dass man sich nicht nur auf die sozialen Medien konzentrierte. Nein, die „Kritiker" kannten ja bekanntlich keine Grenzen. Waren sie getrieben von Hass oder Neid? Was ist die Rechtfertigung, anderen Menschen eine Meinung aufdrücken zu wollen?

Einige sehr unschöne Dinge haben sich ereignet, die meines Erachtens fernab von Empathie und Menschlichkeit liegen.

Einmal teilte ich den Beitrag eines mir damals nicht bekannten Bestattungsinstituts. Ich fand es tröstlich, wie die Bestattung eines kleinen Kindes arrangiert wurde, und wollte meine Followerinnen und Follower daran teilhaben lassen, was ich selbst durch Zufall gefunden hatte. Ob Sie es glauben oder nicht, sogar das Bestattungshaus wurde von den „Kritikern" angeschrieben. Man wollte vor mir und vor meiner Familie warnen, war eine der Kernbotschaften.

Warnen? Vor was denn nur? Vor einer Familie, der das Schlimmste widerfahren ist, was man sich vorstellen kann? Vor einer Familie, die trotz der eigenen Trauer auch für andere da ist?

Wie weit konnte man gehen, um solche Dinge zu tun? Was hatten die Menschen davon?

Menschen aus unserem direkten Umfeld, Follower und somit unbeteiligte Personen wurden immer wieder angeschrieben oder man nutzte die Seiten und Profile dieser Personen, um sich immer wieder mitzuteilen. Sogar vor Drohungen machten einige „Kritiker" nicht halt und versuchten, die Menschen einzuschüchtern. Man sprach sogar vereinzelt von der Existenz einzelner Personen, die man aufs Spiel setzen würde, wenn man sich mit uns abgibt.

Es macht mich traurig und fassungslos zugleich, wenn ich erlebe, zu was einige Menschen in unserer Gesellschaft fähig sind.

# E-Mail an den Bürgermeister

Als wären diese ganzen Beleidigungen, das ständige Beobachten und die Lügen nicht schon genug, kam das Mobbing auch immer mehr in unserem direkten Umfeld an. Es gab ja bereits die schon erwähnten Beiträge in den Ortsgruppen auf Facebook, doch das reichte einigen Menschen offensichtlich noch immer nicht. Welche Ziele man mit so einigen Aktionen verfolgte, lässt sich nur erahnen. Aber auf welche Ideen Menschen kommen, verwundert mich doch sehr.

Ein kurioses Ereignis war die E-Mail von mindestens einer Dame an den Bürgermeister unserer Stadt. Ja, Sie haben richtig gelesen. Es wurde eine E-Mail an den Bürgermeister geschrieben, in der man versuchte, ihn über uns „aufzuklären". Woher wir das wissen? Weil eine der betreffenden „Kritikerinnen" sehr offensiv und öffentlich wirksam damit umgegangen war. Es wurden sogar noch die Kontaktdaten des Bürgermeisters geteilt und daraus schon fast eine Einladung für weitere „Kritiker" formuliert, sich anzuschließen.

Mein erster Gedanke bestand nur aus einer einzigen Frage: Was wollte man damit erreichen? Hatte man gehofft, dass es einen Fackelmarsch zu unserem Haus geben und man uns mit Mistgabeln aus dem Ort treiben würde? Es ist mir bis heute ein Rätsel, welche Motivation hinter dieser Aktion steckte.

Ich ging in die Offensive und entschuldigte mich bei unserem Bürgermeister dafür, dass er mit solchen Dingen belästigt wurde.

Ob diese E-Mail die einzige ihrer Art war, kann ich nicht sagen, doch schon im Vorfeld und auch danach gab es aus dem Kreis der „Kritiker" unterschiedliche Versuche, unser Ansehen innerhalb der Stadt zu beschädigen. Möglicherweise steckte auch der Wunsch dahinter, dass wir uns darüber aufregen oder sogar Probleme bekommen würden.

Selbst von einer Demonstration vor unserem Haus sprachen einige „Kritiker", die jedoch bis heute nicht stattgefunden hat.

Original-Zitat eines Beitrags aus Mai 2024 im Wortlaut und ohne Korrektur von Rechtschreibfehlern:

*„Wer dem Bürgermeister von ober ramstadt eine Mail schreiben möchte , das Video kann gerne runter geladen werden und mitschicken..... :-) :-) :-) :-)"*

Original-Zitat von einem Kommentar der „Kritiker":

*„So Mädels bin erst gerade nach Hause gekommen und werde jetzt mal alles lesen. Ich werde schon einiges dem Bürgermeister zukommen lassen (Ihr habt ja auch einiges gesammelt :-) :-)) ...hab ja auch gute Freunde an meiner Seite die mich da unterstützen werden. Es ist jetzt eine Grenze erreicht die nicht mehr geduldet werden kann!!! PUNKT!!!...werde natürlich die Kopie an das Finanzamt schicken..."*

Original-Zitat von einem Kommentar der „Kritiker" im Wortlaut und ohne Korrektur von Rechtschreibfehlern:

*„Also ich werde da nicht mehr länger zusehen!!!! Am Wochenende werde ich einen Brief an den Bürgermeister von O-R schreiben. So viel ich weiß, ist dieser nicht so gut auf die Familie zu sprechen. Wenn einige von Euch auch das tun würden, wird er vielleicht drauf reagieren. Werde auch ans Finanzamt schreiben. Es muss endlich was unternommen werden."*

# Anrufe und E-Mails bei der Stadtverwaltung

Ich hatte es ja bereits auf den vorherigen Seiten mehrfach erwähnt, dass es immer wieder einmal die unterschiedlichsten Versuche gab, unser Leben und auch unsere Trauer zu beeinflussen, ja sogar zu erschweren. Anrufe und E-Mails der Stadtverwaltung gehörten wohl mittlerweile zum Repertoire der „Kritiker".

Selbstverständlich musste die Stadtverwaltung den E-Mails und Anrufen nachgehen. Dafür habe ich vollstes Verständnis. Gleichermaßen konnten wir aber im direkten Austausch auch immer zur Aufklärung der Sachverhalte beitragen.

Beginnen wir mit dem ersten Kontakt diesbezüglich, und der fand im Vorfeld des Geburtstages von Katharina statt.

*Die Geburtstagsfeier*

Der 12. Geburtstag von Katharina, der gleichzeitig auch der erste Geburtstag ohne sie hier auf Erden war, führte bei einigen Menschen offensichtlich zu gewissen Handlungen, die man wohl nicht erklären kann und die aber auch nachdenklich werden lassen.

Die Bustour hatte ich ja bereits erwähnt, und durch einen Satz von Claudia während eines Lives auf Facebook fühlten sich wohl doch einige „Kritiker" auf den Plan gerufen.

Im Spaß sagte Claudia, es könnten ja alle kommen und wir würden dann eine große Party für Katharina am Grab feiern. Bei damals regelmäßig über 500 Zuschauern in einem Live, die auch alle deutschlandweit verteilt leben, dürfte eigentlich in der besagten Kombination klar sein, dass niemals damit zu rechnen war, dass es eine solche Party auf dem Friedhof gegeben hätte. Für die „Kritiker" allerdings wieder einmal ein Thema, um Aktionen daraus abzuleiten.

Wir hatten selbstverständlich nur eine kleine Zusammenkunft an Katharinas Erdenbettchen geplant, bei der unsere Familie sowie engste Freunde teilnehmen sollten.

Kurz nach diesem Live gab es eine Nachfrage der Stadtverwaltung, was wir denn geplant hätten, denn es gab entsprechende Hinweise auf eine größere Feier.

Wow, damit hatten wir nicht gerechnet und ich bin mir bis heute nicht sicher, ob die meldenden Personen es tatsächlich ernst genommen hatten oder nur irgendwas tun wollten, um den Namen de Jonge irgendwie wieder negativ zu belasten. Selbstverständlich war uns klar, dass auch kleinere Gedenkfeiern beim Friedhofsamt angemeldet werden müssen, doch einige Menschen gaben uns gar nicht die Möglichkeit, dies selbstständig zu tun.

## *Die Grabgestaltung*

Was macht man nicht alles, um einer trauernden Familie noch zusätzlich den Alltag zu erschweren? Einen Alltag, der ohnehin durch den Schmerz des Verlusts geprägt ist. Einen Alltag, in dem man jeden Tag hofft, dass es erträglicher werden würde. Wieso muss es dann fremde Menschen geben, welche die Grabgestaltung eines Kindergrabes wiederholt beim Friedhofsamt infrage stellen?

Niemand sollte dies erleben, am Grab seines eigenen Kindes stehen zu müssen. Niemand sollte sich Gedanken machen müssen, wie man das Grab gestaltet, anstelle eines Kinderzimmers. Ich denke, Sie wollen sich so etwas nicht einmal ansatzweise vorstellen.

Ein Kind zu verlieren, ist mit Worten nicht zu beschreiben. Alles, was Ihnen als trauernden Eltern noch bleibt, ist die liebevolle und kindgerechte Gestaltung des Erdenbettchens Ihres Kindes. Dieser Ort ist nun das Einzige, was Sie noch gestalten können. Spielzeug oder bunte Farben sind Beispiele dafür, wie ein Kindergrab den Eltern Halt und einen Ort zum Trauern geben kann.

Auf einigen Friedhöfen gibt es spezielle Bereiche, in denen nur Kinder bestattet sind und wo sogar gewünscht ist, diese Gräber farbenfroh und lebendig zu gestalten.

An dieser Stelle möchte ich mich auch bei unserer Stadtverwaltung besonders bedanken. Trotz der wiederholten Versuche von Außenstehenden, uns in unserer Grabgestaltung massiv einzuschränken, konnten wir immer eine gute Lösung finden.

Gerade für eine trauernde Mutter kann es sehr heilsam sein, das Grab des Kindes zu gestalten und somit auch die Trauer verarbeiten zu können.

Geschmack ist subjektiv und es muss auch nicht jedem gleichermaßen gefallen. Allerdings ist es für mich schwierig nachzuvollziehen, wie man dermaßen agieren kann, da wir bisweilen keine negativen Anmerkungen innerhalb unserer Stadt erhielten.

Die „Kritiker" gingen natürlich auch wieder öffentlich mit dieser Thematik um und feierten sich sogar untereinander für die einzelnen Aktionen.

Eine weitere kuriose Geschichte brachte uns nach einem anfänglichen Schock doch herzlich zum Lachen. Es ist aber auch sehr traurig, mit welchen Geschichten man noch immer versuchte, uns zu schaden. Eineinhalb Jahre nach Katharinas Tod gab es weiterhin Menschen, die es sich offenbar zur Lebensaufgabe gemacht hatten, uns zu belästigen und zu schaden.

Ich hörte die Schilderung dieser neuen Geschichte, die bei der Stadtverwaltung gemeldet wurde, und hatte sofort das Gefühl, dass da wieder einmal jemand etwas erfunden hatte, um gegen uns nachzutreten. Im direkten Austausch stellten wir schnell fest, dass es niemals zu der gemeldeten Situation gekommen war.

Die vorgenannten Beispiele sollen Ihnen verdeutlichen, welche Energien bei Menschen freigesetzt werden können, die es sich persönlich zum Ziel gesetzt haben, ihre eigene Meinung, egal ob Wahrheit oder Lüge, überall zu verbreiten, um einen Menschen in schlechtem Licht erscheinen zu lassen.

# Nachrichten per E-Mail

Die heutzutage beliebten Kommunikationsmittel sind Fluch und Segen zugleich. Auch mit E-Mails kann man schnell und im ersten Moment fast anonym jemanden kontaktieren. Wir erleben auch seit einigen Monaten unterschiedliche Ausprägungen der digitalen Kommunikation. Darunter waren auch einige E-Mails, die pietätlos, drohend und beleidigend waren.

Zwei Monate nach Katharinas Tod fing es bereits an. Wir bekamen eine E-Mail von einem Indoorspielplatz. Es war eine Nachricht, die offenbar von einem Buchungssystem verschickt wurde. Als wir den Inhalt gelesen hatten, konnten wir kaum glauben, was dort stand. Irgendjemand hatte dort mit dem Namen meiner Frau und einer uns unbekannten Adresse eine Geburtstagsparty angefragt. Es waren einhundert Kinder und einhundert Erwachsene geplant und das Geburtstagskind sollte Katharina heißen. Wie bitte? Ja, Sie lesen richtig. Finden Sie das nicht auch sehr pietätlos?

Natürlich war uns klar, dass dies entweder ein Irrtum oder ein ganz schlechter Scherz sein musste. Letzteres schien wahrscheinlicher, da der besagten Person sowohl unser Name als auch unsere E-Mail-Adresse bekannt gewesen sein mussten.

Nach dieser Nachricht kam lange Zeit keine E-Mail mehr. Es gab natürlich Versuche, über die sozialen Medien Kontakt aufzunehmen. Manchmal waren es auch einfach nur Beleidigungen, die man uns direkt per privater Nachricht mitteilen wollte. Durch entsprechendes Blockieren war dies aber in der Regel schnell gelöst. So einfach war dies bei E-Mails aber leider nicht.

Für meine Tätigkeit ist es unerlässlich, dass ich eine Internetpräsenz in Form einer Homepage habe, auf der ich meine Leistungen beschreibe. Darüber hinaus soll es potentiellen Klientinnen und Klienten möglich sein, mich direkt und zeitnah kontaktieren zu können. Es gibt also ein Kontaktformular, in dem mit wenigen Angaben direkt eine E-Mail an mich versendet wird.

Problematisch ist dies allerdings deshalb, weil die dortigen Angaben nicht geprüft werden. Jede Person kann also einen beliebigen Namen oder auch eine beliebige E-Mail-Adresse dort eintragen, die nicht einmal real existieren muss. Genau das hat offenbar mindestens eine Person entdeckt und entsprechende E-Mails verfasst.

Im Abstand von einigen Tagen und Wochen wurden darüber mehrere E-Mails mit Beleidigungen und sogar Drohungen geschickt. Sie alle ließen keinen Zweifel daran, dass es dem Ersteller der E-Mail nur darum ging, uns aus dem Internet zu verdrängen.

Wenn Sie regelmäßig solche Nachrichten erhalten, lernen Sie irgendwie, damit umzugehen. Am Anfang ist es schwer zu ertragen, was man dort liest, und manche Dinge waren äußerst verletzend. Ich möchte nicht darüber nachdenken, wie Menschen damit umgehen, die sich solche Sachen sehr zu Herzen nehmen.

# Kampf gegen Windmühlen

Bei der Auseinandersetzung mit den vielen Aktivitäten gegen uns fühlt man sich oft von offiziellen Stellen im Stich gelassen. Beiträge bei Facebook zu melden, gehörte mittlerweile schon zu den alltäglichen Aufgaben. Es verging kein Tag, an dem nicht irgendwo wieder ein Foto oder Video von uns verwendet wurde, um sich darüber lustig zu machen. Urheberrecht kannten die federführenden Personen wohl nicht. Facebook reagierte in den meisten Fällen nicht darauf und die Beiträge gegen uns blieben weiter öffentlich sichtbar.

Die getätigten Anzeigen brauchen seine Zeit und für uns, die wir jeden Tag diesen Dingen ausgesetzt waren, war es wie eine gefühlte Ewigkeit. Irgendwann stellten wir uns die Frage, ob man es vielleicht den Tätern bewusst machen kann, was sie taten, wenn man ihr eigenes Verhalten spiegeln würde. Sie sollten sich überlegen können, wie sie sich vielleicht fühlen würden, wenn man solche Sachen mit ihnen machen würde.

Bevor ich weiter davon erzähle, sage ich direkt, dass dies keine gute Idee war und keinen Erfolg brachte.

Freunde und Follower dachten ähnlich und so gab es im Laufe der vielen Monate einige Facebookseiten, die versucht haben, uns zur Seite zu stehen. Einige hatten das Ziel, die verletzenden Beiträge und Kommentare mit Hinweisen erneut zu veröffentlichen. Andere versuchten ebenfalls, Beiträge unter dem Begriff „Satire" zu veröffentlichen, die sich auf die Menschen bezogen, die derart gegen uns agierten.

Egal was auch versucht wurde, gab den „Kritikern" nur wieder eine weitere Plattform, um ihre eigenen Meinungen und Wahrheiten zu verbreiten.

Das Ziel, dass die „Kritiker" begreifen sollten, was sie da eigentlich anstellten, war in weiter Ferne.

Umso größer war der Aufschrei und die „Kritiker" fühlten sich nun persönlich angegriffen und schrien laut, sie würden gemobbt werden. Wie bitte? Das war zu viel für mich. Menschen, die über Monate versuchten, uns aus den sozialen Medien zu vertreiben und denen scheinbar fast jedes Mittel recht war, fühlten sich nun durch eine kurze und einmalige Aktion angegriffen und gemobbt? Das konnte ich nicht glauben.

Alle Facebookseiten, die sich für uns eingesetzt hatten, wurden zwischenzeitlich wieder gelöscht und wir haben bereits mitgeteilt, dass wir dies zukünftig auch nicht mehr möchten. Diese Menschen sollen keine Plattform und keine Aufmerksamkeit mehr bekommen.

Es waren verzweifelte Versuche, irgendwie an die Menschen heranzukommen. Vielleicht sind diese Personen aber auch gar nicht fähig, ihr eigenes Verhalten zu reflektieren?

Ignoranz ist für die treibenden Kräfte wohl ein Ärgernis, mit dem sie schwer klarkommen. Doch dies wird zukünftig unsere einzige Reaktion auf sämtliche Aktionen sein. Wir haben akzeptiert, dass es immer solche Menschen geben wird, und ob ein Erfolg einzelner strafrechtlicher Ermittlungen dazu führt, dass es komplett aufhört, ist zwar wünschenswert, aber auch fraglich.

Gibt es möglicherweise eigene Schicksale, die nicht verarbeitet wurden? Keine Ahnung. Um jedoch seiner eigenen Seele eine Entwicklung zu ermöglichen, ist Vergebung ein wichtiger Schritt. Menschlich haben wir vergeben.

# Täter-Opfer-Umkehr

Auch bei Mobbing ist es oft erkennbar, dass die Täter gewisse Situationen und Aussagen verdrehen, um damit zu versuchen, ihr eigentliches Opfer zum Täter zu machen. Dies stellten wir ebenfalls fest und es ist sehr schwer, dagegen anzukommen. Diese Menschen machen das schon sehr bewusst, weil sie genau wissen, was sie damit erreichen wollen. Andererseits sind sie auch selbst davon überzeugt, dass gewisse Handlungen das Opfer zum eigentlichen Täter werden lassen.

Wichtig ist aus meiner Sicht, dass niemand selbst schuld ist, wenn er Mobbing ausgesetzt ist.

Jeder betroffene Mensch versucht, aus der sehr belastenden Mobbingsituation wieder irgendwie herauszukommen. Es gibt Rechtfertigungen und Versuche, den Tätern klarzumachen, dass sie aufhören sollen. Selbst das Spiegeln des Verhaltens der Täter führt nicht zum gewünschten Erfolg. Die Täter verwenden diese Dinge, um weiter zu manipulieren und das Opfer als Täter zu bezeichnen.

Im Angesicht einer Gruppe von Menschen, die es nur darauf abgesehen hat, dem Opfer zu schaden, entwickelt ein Mensch einen unglaublichen Überlebenswillen. Zunächst wird alles versucht, sich aus diesem Mobbing zu befreien, bevor es bei manchen Menschen ans Ende der Kräfte geht.

Rationale Erklärungen sind im Kreislauf von Lügen und eigenen Wahrheiten der Täter weder sinnvoll noch nützlich, weil sie nicht gehört werden wollen. Auch die Täter kommen ab einem gewissen Punkt nicht mehr aus diesem Strudel der Unwahrheiten heraus.

Immer und immer wieder wird versucht, dem Opfer einzureden, es wäre selbst schuld an dem, was passiert. Es würde ja selbst Mobbing betreiben, wenn es versucht, sich zu befreien und auch den Tätern einmal klarzumachen, was sie eigentlich tun.

Nein, das ist kein Mobbing, wenn man versucht, diese Diffamierungen, Beleidigungen und Verletzungen der eigenen Seele zu beenden. Es ist ein Hilfeschrei vieler Betroffener.

# Ein Zeichen der Versöhnung

Eigentlich kann man es gar nicht in Worte fassen, mit welchen seelischen Grausamkeiten wir in den vielen Monaten seit Katharinas Tod konfrontiert wurden. Und dennoch versuchten wir, ein Zeichen der Versöhnung auszusenden.

Claudia machte sich die Mühe und nahm die Blockierungen der „Kritiker" auf der Facebookseite mit dem Namen „Unsere gemeinsame Seelenreise mit Kathi" zurück. Sie erzählte davon und hatte die Menschen eingeladen, den Beiträgen wieder zu folgen. Gleichzeitig hatte sie aber auch darum gebeten, respektvoll miteinander umzugehen.

Vielleicht können Sie sich schon denken, was weiter passierte?

Kurze Zeit nach dieser Ankündigung ging es auch schon los und es kamen erste Kommentare.

Eine erste Dame kommentierte, dass sie lieber auf den Seiten bleiben würde, auf denen man sich gegen uns äußerte. Eine andere Dame kam gleich wieder mit Vorwürfen. Weitere und ähnliche Kommentare folgten.

Claudia wartete noch eine Weile ab, bevor sie sich wieder dazu entschied, dass es doch besser wäre, getrennte Wege zu gehen. Es war offensichtlich nicht gewünscht, der Seite wieder folgen zu können.

Das allerdings ist gerade seltsam, denn mit erstellten Zweitprofilen oder Seiten folgen genau diese Menschen sowieso immer den Beiträgen und filmen die Lives ab, um sie später bis ins kleinste Detail zu analysieren.

Wie ich bereits schrieb, war es unser größter Wunsch, dass diese ganzen Diffamierungen und Angriffe aufhören sollten. Wir versuchten mit aller Kraft, uns dagegen zur Wehr zu setzen. Direkte Ansprachen, Spiegeln von Verhaltensweisen und selbst ein Ins-Lächerliche-Ziehen brachten nichts.

Bei diesen ganzen Versuchen, aus dem Mobbing herauszukommen, lief auch auf unserer Seite nicht immer alles gut.

Dies war und ist uns bewusst. Deshalb legten wir mehrfach großen Wert darauf, uns zu entschuldigen, falls sich durch Äußerungen oder Taten jemand verletzt gefühlt haben sollte.

Anstatt unsere Entschuldigungen als Basis zu verwenden, um gemeinsam ein Ende des Mobbings herbeizuführen, wurden selbst diese Entschuldigungen nicht ernst genommen und weiter darüber gespottet. Es stellt sich also doch die Frage, ob die „Kritiker" wirklich nur Kritik üben wollen oder vielleicht doch etwas anderes dahintersteckt. Steckt man etwa schon so tief im Sumpf von Lügen und Beleidigungen, dass ein Ende dem eigenen Ansehen schaden könnte?

Teilweise wird bis heute behauptet, wir könnten uns nicht selbst reflektieren und wären nicht kritikfähig, nur weil wir keine persönlichen Angriffe zulassen und diese nicht mehr öffentlich kommentieren. Wenn von fremden Menschen wiederholt versucht wird, in die unmittelbare engste Privatsphäre einzugreifen, versucht man natürlich, eben diese zu schützen.

Es geht um einen Schutz der eigenen Seele und selbstverständlich lernt man auch aus den vielen Monaten und dem, was wir alles erlebt haben.

Irgendwann stellten wir fest, dass unsere Bemühungen, die ganze Sache im direkten Austausch zu beenden, nicht zum Ziel führten. Es kamen immer und immer wieder die gleichen Behauptungen und bei jeder Gelegenheit hagelte es Vorwürfe.

Eine Zeit lang versuchten wir sogar, die Menschen und ihre Handlungen zu verstehen. Es gelang uns nicht.

Nach vielen Monaten blieb nur eine Möglichkeit. Wir mussten unsere Strategie ändern.

Original-Zitat „Kritiker" im Wortlaut:

*„Bin auch entblockt. Ist mir aber egal. Frag mich nur, was die vorhaben. Traue denen nicht."*

Original-Zitat „Kritiker" im Wortlaut:

*„Ich habe die komplette Familie blockiert habe was auch so bleibt :-)! Aber passt auf hab schon Pferde kotzen gesehen! Ich würde das jetzt andersrum machen und sie sofort blockieren alle!"*

# Ein neuer Abschnitt

Die bisherigen Versuche, irgendwie mit den ganzen Behauptungen, Lügen und Beleidigungen umzugehen, waren nicht so sehr von Erfolg gekrönt. Natürlich versuchten wir, einfach weiterzumachen und uns nichts anmerken zu lassen. Irgendwie merkte man es aber doch, dass es uns sehr beschäftigte. Obwohl wir wussten, dass es keinen Sinn machte, schauten wir doch immer mal wieder auf den einschlägigen Seiten und Profilen, was es dort Neues gab. Insgeheim hofften wir natürlich auch, dass eines Tages nichts mehr kommen würde, doch so war es nicht.

Parallel dazu erhielten wir immer wieder von Followern Nachrichten mit Screenshots zu Beiträgen oder Kommentaren gegen uns. Die Mehrheit fand das ebenfalls nicht gut, was da passierte, und einige machten sich auch richtig Sorgen um uns und besonders um Claudia. Mitten in der tiefen Trauer um das eigene Kind wird eine Mutter über Monate hinweg bloßgestellt und beleidigt. Wie lange konnte ein Mensch so etwas aushalten?

Es gab schon immer mal einige Follower, die uns geraten hatten, einfach alles zu ignorieren. Aber so einfach ist das als Betroffener leider nicht. Die unbeschreibliche Trauer machte uns zusätzlich angreifbar und verletzlich. Doch dies musste aufhören.

Wir mussten beginnen, unsere Einstellung und unseren Umgang damit zu verändern. Die Schwäche, die durch die Trauer verursacht worden war, nahm etwas ab und auch das Selbstwertgefühl kam zurück. Auch wir hatten in den zurückliegenden Monaten Selbstzweifel und manchmal waren wir kurz davor, einzelne Dinge über uns sogar teilweise selbst zu glauben. Dann allerdings hätten die „Kritiker" gewonnen, denn dieses manipulative Verhalten durften wir nicht an uns heranlassen.

Wir führten viele Gespräche miteinander und auch mit uns nahestehenden Freunden. Diese Gespräche brachten uns dann zum Umdenken. So konnte es nicht weitergehen.

Wir setzten uns viel zu viel mit diesen Dingen auseinander, obwohl wir wussten, dass wir daran selbst gar nichts ändern konnten. Es war an der Zeit, die Notbremse zu ziehen und die notwendigen Schritte einzuleiten.

Als Mensch, der einem solchen Druck ausgesetzt ist, gehen einem viele Gedanken durch den Kopf. Man erlebt unglaublich viele Emotionen. Nicht nur die Trauer, die man verarbeiten muss, sondern auch diese Menschen, die jeden Schritt verfolgen. Es sind Fremde, die uns nicht kennen und sich trotzdem verhalten, als wären sie aus unserem direkten Umfeld.

Zur Trauer mischt sich eine große Verzweiflung.

Wie soll das alles weitergehen? Was musste geschehen, dass es aufhört? Wann hatten diese Menschen genug?

Auch Wut war für uns ein ständiger Begleiter. Wir waren wütend auf die Menschen, die uns das angetan haben und noch immer antun. Aber wir waren auch wütend auf uns selbst, weil wir es nicht geschafft hatten, es einfach zu ignorieren, sondern zu oft darauf eingegangen waren.

Es fällt unter dem Eindruck dieser Gesamtsituation unglaublich schwer, eine vernünftige Betrachtung vorzunehmen. Zu groß sind die unterschiedlichen Gedanken und Emotionen, die bisher keine realistische Chance hatten, verarbeitet werden zu können.

Kam die Trauer manchmal zu kurz? Ich würde es so nicht bezeichnen, denn wir trauerten. Die Art, wie wir trauerten, wurde allerdings massiv beeinflusst.

Niemand ist verrückt, weil er seine Trauer nach außen bringt. Dies ist wichtig, um sie gut verarbeiten zu können. Manchmal wurde sie jedoch durch die Attacken der „Kritiker" verdrängt, und dies wurde Claudia insbesondere jetzt klar. Selbstzweifel und unterdrückte Gefühle gehörten ebenso zu dieser Feststellung wie die Tatsache, dass es zu viele Rechtfertigungen in Richtung der „Kritiker" gab.

Keine trauernde Person sollte sich jemals für ihre Art der Trauer rechtfertigen müssen.

Aber was konnten wir jetzt machen?

# Die verbleibenden Möglichkeiten

Wenn man mal so darüber nachdenkt, was wir alles erlebt haben und wie wir damit umgegangen sind, dann stellt man sich schon selbst viele Fragen.

War alles richtig, was wir gemacht haben? Was führte zu etwas und was brachte überhaupt nichts? Welcher Umgang mit den Beiträgen und Kommentaren könnte zukünftig helfen? Aber es war auch wichtig, zu verstehen, warum diese Dinge eigentlich dazu führten, dass wir uns davon verletzen und beeinflussen ließen.

Besonders mussten wir auch darauf achten, wie sich das alles auf unsere Trauer auswirkte und was diese Monate mit Claudia machten. Würden wir es schaffen, zukünftig damit anders umgehen zu können?

Für Claudia wurde es immer deutlicher, dass diese ständigen Angriffe auf sie und auf ihre Seele viel in ihr zerstört haben. Noch schlimmer war, dass die so wichtige Trauer davon massiv beeinflusst wurde. Diese Dinge haben dazu geführt, dass sie ihre Trauer nicht so erleben konnte, wie sie es eigentlich gebraucht hätte.

Es war jetzt absolut notwendig, dass sie eine Pause macht. Sie brauchte das einfach für sich, für ihre Seele und auch für uns als Familie. Natürlich kann uns niemand diese Monate zurückgeben, in denen die Trauer unter dem Mobbing gelitten hatte, aber so konnte es ebenfalls nicht weitergehen. Claudia war nicht mehr sie selbst und das merkte man deutlich. Sie war über die vielen Jahre, besonders an Katharinas Seite, immer authentisch und sie selbst. Doch nun hatte sie sich verändert.

Durch die Trauer und das anhaltende Mobbing hat ihr Selbstwertgefühl sehr gelitten und sie hatte sich immer mehr verstellt. Was sie auch sagte, achtete sie so sehr darauf, nichts falsch zu machen. Sie wollte es den „Kritikern" recht machen. Doch dadurch machte sie Fehler und die Authentizität, für die ihre Followerinnen und Follower sie mögen, war nicht mehr vorhanden.

Es war nun so weit und die Entscheidung war gefallen. Sie musste nur noch auf der Facebookseite mitgeteilt werden.

Die Followerinnen und Follower hatten totales Verständnis für diesen Schritt, wenngleich viele auch sehr traurig darüber waren. Es war aber auch klar, dass der Rückzug alleine nicht ausreichen würde. Wir hatten bereits vorher schon rechtliche Schritte in Form von Strafanträgen eingeleitet, um gegen die größten Urheber der Beleidigungen vorzugehen.

Nur weil Mobbing bisher selbst keine eigene Straftat ist, gibt es doch dabei einige Sachverhalte, die Straftaten im Sinne des Gesetzes darstellen. Beweise hatten wir zwischenzeitlich genug gesammelt.

Es gab jetzt nur noch diese beiden Optionen und wir zogen sie beide, denn mittlerweile vergingen seit Katharinas Tod und dem Beginn der Aktivitäten der „Kritiker" schon eineinhalb Jahre, in denen wir nahezu rund um die Uhr in den sozialen Medien und darüber hinaus angegriffen wurden.

Vielleicht ist es für jemanden, der dies alles nicht erlebt hat, schwer nachzuvollziehen, was uns passierte. Sie haben jetzt eine ganze Menge gehört und nun fragen Sie sich einmal selbst: Wie lange hätten Sie das ausgehalten?

# Der Rückzug

Eine Pause wurde angekündigt und die Followerinnen und Follower verstanden es nur zu gut, dass dies gerade jetzt sehr wichtig und notwendig war.

Bewusst wurde von uns nicht mitgeteilt, wie lang die Pause gehen sollte, denn das war zum damaligen Zeitpunkt in keiner Weise absehbar. Der Fokus lag nun einzig und allein auf Claudia, ihrer Trauer und unserer Familie. Claudia musste jetzt den Tod von Katharina und wir als Familie das Mobbing gegen uns, so gut es ging, verarbeiten.

Wenn Mobbing, Hass und Hetze derartige Auswirkungen auf einen Menschen haben, dass selbst Trauer zu kurz kommt, werden in meinen Augen einige Grenzen überschritten. Doch genau das ist es offensichtlich, was Menschen ausnutzen, wenn sie andere gerade dann angreifen. Sie wissen vermutlich, dass eine trauernde Person schwach ist und sich somit nicht dagegen wehren kann.

Der Rückzug war aber nicht nur eine Pause von der Öffentlichkeit, sondern diente auch als eine Art Erneuerung. Es war so unglaublich wichtig, einerseits genug Abstand von allem zu bekommen, aber andererseits auch wieder neue Kraft zu schöpfen.

Das zu sehr angegriffene Selbstwertgefühl musste wiederhergestellt werden. Genau das Selbstwertgefühl, das Claudia immer ausgemacht hatte, wenn sie ihre Videos mit Katharina machte und welches durch Trauer und Mobbing so enorm gelitten hatte.

Unsere Strategie war nun zurechtgelegt und jetzt ging es an die Umsetzung. Obwohl wir keine Dauer der Pause mitgeteilt hatten, sollte sie zunächst drei Monate dauern. Claudia wusste genau, dass nicht die Zeit, sondern ihre Veränderung ausschlaggebend sein würde, wann sie sich zurückmeldet.

Sie nahm sich intensiv Zeit, um zu trauern. Sie arbeitete hart an sich und ihrer mentalen Stärke. Wenn sie nach der Pause das erste Mal wieder in Facebook live sein würde, dann sollte dort eine neue Claudia erstrahlen.

Niemand sollte es dann mehr schaffen, sie auf diese Weise anzugreifen, wie es rückblickend der Fall war. Es sollte nicht mehr vorkommen, dass ihre Gefühle durch destruktive Kritik derart verletzt werden.

Nach fast genau drei Monaten war es dann tatsächlich so weit und der Tag war gekommen, an dem Claudia das erste Mal wieder live auf Facebook war. Sie war wirklich schon ein bisschen aufgeregt, was ich so gar nicht von ihr kannte.

In den letzten zwei bis drei Wochen vor Ende der Pause gab es schon die ersten Beiträge auf der Facebookseite, in denen beispielsweise Katharinas Erdenbettchen zu sehen war. Claudia veröffentlichte auch einzelne Videos, auf denen allerdings nur ihre Stimme zu hören, sie aber nicht zu sehen war. An den Reaktionen der Followerinnen und Follower konnte man erkennen, wie viele sich auf Claudias Rückkehr freuten.

So war es tatsächlich und Claudia kam gestärkt aus ihrer Pause zurück und ist nun wieder die neue und zugleich alte Claudia, so wie die Menschen sie sehen wollen.

## Auswirkungen auf die Trauer

Dieses Buch trägt den Untertitel „Wenn Trauer keine Grenze ist" und Sie haben nun auf den einzelnen Seiten vieles gelesen, was wir im Rahmen von Mobbing und Hass im Netz, insbesondere auch während unserer Trauer, erlebt haben. Wir haben uns sehr oft auch gefragt, was Menschen dazu bringt, selbst vor der tiefen Trauer einer Mutter, eines Vaters und der Geschwister nicht abzuschrecken und zusätzlich deren Seele anzugreifen. Sicher haben wir keine Antwort darauf gefunden und ich denke, dass dies auch nicht allgemein beantwortet werden kann, wenn es denn überhaupt möglich ist, darauf eine Antwort zu finden.

Was wir aber erlebt haben, sind die Auswirkungen dessen. Diese haben wir durch unsere eigenen Erlebnisse, aber auch durch Nachrichten von anderen Betroffenen erfahren, die ebenfalls nach dem Tod eines nahestehenden Angehörigen zur Zielscheibe wurden.

Hierzu braucht es auch nicht unbedingt das Internet oder die sozialen Medien. Manchmal ist es die eigene Familie oder direkte Nachbarschaft, die Trauernde zusätzlich angreifen und über einen längeren Zeitraum versuchen, zu diskreditieren.

Doch was macht das alles mit der Trauer eines Menschen? Auch hier gibt es keine allgemeingültige Aussage und in erster Linie beschreibe ich hier das, was auf uns oder besser gesagt auf meine Frau zutrifft. Sie war es, die am meisten unter den regelmäßigen Aktionen der „Kritiker" gelitten hat.

Trauer ist etwas sehr Individuelles und jeder Mensch trauert anders. Sein eigenes Kind zu Grabe zu tragen, ist mit Worten nicht zu beschreiben. Der Schmerz, der durch den gesamten Körper zieht und nie aufzuhören scheint, ist unbeschreiblich. Jemand, der dies nicht selbst erlebt hat, kann es nicht fühlen und sich nicht hineinversetzen.

Viele Menschen in unserer Gesellschaft kennen glücklicherweise diesen Schmerz nicht und sind dennoch in der Lage, trauernden Eltern mit Empathie und Respekt zu begegnen.

Gutgemeinte Ratschläge hat wohl jeder schon einmal gehört, der um einen geliebten Menschen getrauert hat, und selbst diese können schon zu inneren Konflikten führen. Automatisch fragt man sich, ob es nicht so oder so besser wäre oder man vielleicht wirklich etwas falsch gemacht hat in der eigenen Trauer.

Verschiedenste Einwirkungen von außen können teils schwerwiegende Auswirkungen auf die eigene Trauer auslösen. Während ein Sohn, der um seinen kranken Vater trauert, damit vielleicht irgendwie umgehen kann, wirft es eine Mutter, die um ihr kleines Kind trauert, möglicherweise in ein noch tieferes Loch. Niemand kann in die Seele eines anderen Menschen schauen und weiß genau, was dort geschieht. Ein einziger falscher Satz kann bereits ausreichen, dass ein Mensch sich derart verletzt fühlt und massiv darunter leidet. So ist es möglich, dass selbst langfristig Freundschaften zerstört werden.

Bei uns war es besonders Claudia, meine Frau, die unter den massiven und wiederholten Angriffen auf ihre Seele und ihre Trauer sehr verletzt wurde.

Es sind seelische Verletzungen, die tief sitzen. Stellen Sie sich vor, Sie haben eine tiefe Wunde dort, wo es besonders schmerzhaft ist, und einige Menschen drücken genau immer und immer wieder in diese Wunde. Der unsagbare Schmerz kann nicht aufhören, weil er über Monate hinweg wiederholt verstärkt wird und die Wunde fast täglich offenliegt. Sie kann einfach nicht heilen. So lässt sich Mobbing während der Trauer vielleicht ganz gut beschreiben.

Es ist nahezu unmöglich, sich gegen diese Angriffe zu behaupten, denn man ist durch die tägliche Trauer geschwächt. Trauer ist Schwerstarbeit für unsere Seele und auch für unseren Körper. Wir funktionieren manchmal nur und es fällt uns hin und wieder sogar schwer, rationale Gedanken zu fassen oder so zu handeln, wie wir es tun würden, wenn wir nicht trauern.

Wir sind manchmal in unserer Trauer ein anderer Mensch und verhalten uns dann auch so.

Haben Sie vielleicht schon einmal in Zeiten der Trauer von einer Freundin oder einem Freund gehört, dass Sie sich verändert haben?

Es ging uns genauso und auch wir machten Dinge und sagten Dinge, die wir so außerhalb der emotionalen Ausnahmesituation niemals gemacht oder gesagt hätten.

Es waren verzweifelte Versuche, uns zu befreien und uns nicht mehr angreifbar zu machen. Erst mit einigem Abstand und vielen Gesprächen mit wunderbaren Menschen stellten auch wir fest, dass wir uns verändert hatten.

Dies ist Vergangenheit und wir sind dankbar, dass wir wieder den Weg zurückgefunden haben. Denn wir sind wir, so wie wir eben sind.

# Meinung? Kritik? Mobbing?

Ein Buch über Mobbing im Internet zu schreiben und darin die eigene Geschichte sowie das selbst Erlebte zu erzählen, ist auch damit verbunden, alles noch einmal in Gedanken durchleben zu müssen. In den Monaten, in denen ich an diesem Buch gearbeitet habe, ging mir vieles wiederholt durch den Kopf. Ich reflektierte noch einmal mit Claudia einzelne Situationen und auch dies war wichtig. Oft beschäftigte mich die Frage, ob es Meinungen waren oder Kritik geäußert wurde oder wir über Monate Mobbing und Hass ausgesetzt waren.

Vielleicht fragen Sie sich jetzt, was das für eine Rolle spielt? Für mich ist es wichtig, um das Geschehene einzuordnen und mein zukünftiges Verhalten daran auszurichten.

Sicher, es gab Meinungen und jeder hat das Recht, auch seine Meinung zu äußern. Ich denke aber, dass in einer Gesellschaft wie der unseren auch und ganz besonders die Art und Weise eine Rolle spielt, wie man seine Meinung äußert.

Wenn ich respektvoll eine Meinung mitteile, ist dies etwas anderes, als die Meinung in herablassendem oder verletzendem Ton zu übermitteln. Natürlich spielt hierbei auch die subjektive Wahrnehmung des Empfängers eine Rolle, wie dieser die Meinung versteht. Dass es dabei zu Konflikten kommen kann, ist offensichtlich.

Wir haben auch im Laufe der Jahre einige Meinungen mitgeteilt bekommen und im Einzelfall entschieden, wie wir damit umgehen. In besonders deutlichen Fällen oder wenn die Meinung in unseren Augen fraglich erschien, wurde ein Verfasser auch blockiert, um großflächige Diskussionen zu vermeiden. Man muss ja auch nicht alles gut finden. Denn das tun wir ja auch nicht.

Kritik sollte in meinen Augen immer dazu verwendet werden, jemandem mitzuteilen, wie man es besser machen kann. Denn eine konstruktive Kritik ist etwas sehr Wertvolles und Wichtiges im Leben. Hat die Kritik allerdings in erster Linie das Ziel, eine andere Person in ein schlechtes Licht zu rücken, hat sie keinerlei Mehrwert.

Sowohl einzelne Meinungen als auch einzelne Kritiken sind für sich genommen und aus meiner Sichtweise noch kein Mobbing. Unsere Gesellschaft braucht Meinungen und Kritik, wenngleich jeder Einzelne bewerten und entscheiden sollte, wie er damit umgeht und was er davon annehmen möchte.

Was wir erlebt haben, übersteigt für mich jedoch das vorstehend Beschriebene deutlich und größtenteils kann weder von einzelnen Meinungen noch von Kritik gesprochen werden. Wenn Sie aufmerksam gelesen haben, konnten Sie bereits einen Eindruck davon erhalten.

Was aber sind die entscheidenden Kriterien, dass ich in diesem Buch ganz bewusst nicht von Meinungen oder Kritiken, sondern von Mobbing und Hasse spreche?

Offenkundig ging es einigen „Kritikern" und insbesondere den führenden Persönlichkeiten dieser Schmutzkampagnen gegen uns einzig darum, uns aus den sozialen Medien zu vertreiben.

So teilte eine der Seitenbetreiberinnen im Laufe der Zeit mit, man werde erst Ruhe geben, wenn alle Fotos und Videos von Katharina gelöscht und wir aus dem Netz verschwunden sind. Nun ja, wenn man sich die gängigen Definitionen des Mobbingbegriffs anschaut, dann ist ein Kriterium, die Verdrängungsabsicht, bereits an dieser Stelle erfüllt.

Ein weiterer Aspekt, der meine Behauptung unterstreicht, dass wir hier nicht mehr nur einzelner Kritiken ausgesetzt waren, liegt darin, dass viele der Handlungen abgestimmt erscheinen. Es war beispielsweise mehr als auffällig, dass innerhalb kurzer Zeit eine erhebliche Anzahl negativer Buchbewertungen auf das erste Buch erschienen. Auch beim zweiten Buch „Katharinas besonderer Seelenreise" setzten sich diese Auffälligkeiten fort.

Entscheidend für die naheliegende Vermutung, dass es sich um abgestimmte Aktionen und Handlungen handelte, waren öffentliche Beiträge auf einzelnen „Kritikerseiten", die zum Schreiben von E-Mails und Briefen an Bürgermeister, Finanzamt, Journalisten und weitere Institutionen aufriefen.

Es ist mir sehr wichtig, gerade jetzt auch noch einmal zu betonen, dass nicht jeder Mensch, der seine Meinung äußert oder kritisch über eine Person oder eine Sache spricht, gleich ein Täter innerhalb einer Mobbingsituation ist. Und es ist im Einzelfall auch zu beachten, wie sich die Situationen detailliert darstellen.

Solange wir als Persönlichkeit mit alldem umgehen können und wenn wir es selbst in der Hand haben, Meinungen und Kritik annehmen und verarbeiten zu können, ist nichts dagegen einzuwenden.

Wenn Meinungen und Kritik allerdings fortlaufend genutzt werden, um durch das Anreichern mit Lügen und Beleidigungen einer Person zu schaden, sind aus meiner Sicht die Grenzen zwischen Meinungsäußerung und Mobbing bereits nicht mehr vorhanden.

Zitierter Original-Verlauf von Kommentaren zu einem Videobeitrag aus Januar 2025:

*„Ekelhaft die Frau"*

*„Einfach nur krank"*

*„Sehr schwer, es gibt kein Mittel dagegen"*

*„Unheilbar krank"*

Original-Zitat eines Kommentars zu einem Live in Facebook aus Januar 2025:

*„Diese Frau ist einfach furchtbar. Dumm, aber über Politik sprechen. Kann sie nicht endlich einmal ihr dummes Mundwerk halten? Und dazu immer dieses dämliche Lachen."*

Original-Zitat eines Kommentars zu einem Live in Facebook aus Januar 2025:

*„Oh mann, dann lutsch doch am Treppengeländer wenn du Eisenmangel hast. So ein Gelaber kann man sich nicht anhören.“*


Original-Zitat eines Kommentars aus Januar 2025:

*„Eure Sprüche sind der Knaller. CdeJ hat den Knall nicht gehört.“*


Original-Zitat eines Kommentars aus Januar 2025:

*„Die sieht aus wie ne Alte (Smiley Hexe) und das komische Lachen, die Olle hat nicht alle Latten am zaun. Hoffe die Schoki bleibt im Hals stecken.das Schnorren hört aber nicht auf. An J. ist echt nix schönes dran nur der Pillemann ist Männlich:“*

# Der Blick zurück und nach vorne

Mittlerweile liegen fast zwei Jahre hinter uns, die wir ohne unser geliebtes kleines Mädchen überstehen mussten. Nichts in unserem bisherigen Leben ist mit dem zu vergleichen, was der Tod von Katharina in uns ausgelöst hat. Es gab für uns keinen Moment, der so schmerzhaft war, wie die Nachricht über den Tod unseres Kindes. Tage, Wochen und Monate, ja sogar Jahre waren und werden nie wieder so sein, wie wir sie vor ihrem Tod erlebt haben. Alleine diese nun zurückliegende Zeit hätte schon ausgereicht, um durch die Trauer ausreichend Energie zu verlieren.

Rückblickend stellt man sich natürlich auch die Frage, ob alles gut war, so wie es war, und was hätte man anders machen können. Sicher gibt es da einiges, was wir aber gar nicht gesehen hatten, als wir im Durcheinander von Trauer und Mobbing umherirrten.

Ja, die Pause hätte eventuell schon früher dazu geführt, dass es gar nicht so weit hätte kommen müssen.

Aber da waren so viele Menschen, denen es ja auch geholfen hat, dass wir so offen über Trauer und den Verlust gesprochen haben. Uns hat es ebenfalls geholfen.

Es gibt Menschen, die auf eine gewisse Weise davon persönlich profitierten, uns zu sehen und zu hören. Sie fanden sich in dem wieder, worüber wir sprachen, und nahmen Anteil an unserer Trauer. Sie erinnerten sich gerne an Katharina. Das gab uns auch Halt und Kraft. Es trug uns auch irgendwie durch unsere Trauer hindurch.

Ein Buch zu schreiben bietet auch immer noch einmal die Chance, Vergangenes zu reflektieren. Es ermöglicht in unserem Fall die erneute direkte Auseinandersetzung mit dem Verhalten anderer Menschen und dem eigenen Verhalten. Ich schrieb dieses Buch nicht, um uns als Opfer von etwas zu präsentieren oder andere Menschen als Täter in eine Schublade zu packen. Nein, es soll dabei unterstützen, seine eigene Situation zu erkennen.

Es soll dabei helfen, richtig zu reagieren.

Wir machten Fehler in gewissen Situationen und jetzt sollen andere Menschen besser reagieren, wenn sie mit Mobbing und Hass konfrontiert werden.

Es ist absolut in Ordnung, wenn man etwas nicht gut findet, was ein anderer Mensch sagt oder macht. Und dafür sind wir alle auch selbst verantwortlich, was wir machen und sagen.

Auch unseren Umgang mit der Trauer und Verarbeitung infrage zu stellen, kann ich akzeptieren und tolerieren. Doch wieso fällt es anderen Menschen so schwer, unsere Trauer und unseren Umgang mit dem Verlust zu akzeptieren?

Natürlich gibt es viele Familien, die ebenfalls ein geliebtes Kind oder einen anderen Angehörigen verloren haben, und niemand sollte einen Verlust mit einem anderen abwägen oder vergleichen. Ob wir mit Katharinas Tod in die Öffentlichkeit gegangen wären, wenn es die Seite nicht bereits vorher gegeben hätte? Ich weiß es nicht, aber der Weg war schon vorgegeben.

Deshalb sollten die Menschen erfahren, was geschehen war, und auch mit uns gemeinsam trauern. Katharinas Leben war für einige Menschen eine Bereicherung und heute nehmen sie weiter an unserem Leben teil. Wir teilen unsere Erinnerungen, Gedanken und Videos von Katharinas Erdenbettchen mit langjährigen Followerinnen und Followern, aber auch mit jedem Menschen, der neu auf unsere Seite kommt.

Heute haben wir einen besseren und versöhnlicheren Umgang mit den Aktivitäten rund um das Mobbing gegen uns und können darüber hinwegsehen. Wenn jemand negativ seine Meinung oder auch Kritik äußert, akzeptieren wir dies. Aber wir haben gelernt, dies nicht mehr an uns heranzulassen. Wir haben das während der Trauer verlorene Selbstwertgefühl wiedergefunden. Das Geschehene hat uns gestärkt. Es werden auch heute noch weiterhin Dinge behauptet und verschiedene Situationen analysiert und kritisiert. Aber wir hegen keinen Groll mehr gegen diese Menschen. Wir haben verziehen und dadurch eine neue Kraftquelle entdeckt, die es uns zusätzlich ermöglicht, widerstandsfähiger zu sein.

# Mobbing darf niemals gewinnen

Jeder Mensch erlebt Mobbing ganz unterschiedlich und es gibt in meinen Augen nicht DAS typische Mobbing und DEN vordefinierten Umgang damit. Entscheidend ist für mich jedoch, dass wir uns nicht provozieren lassen, wenn wir seelisch angegriffen werden. Dazu benötigt man aber ein starkes Selbstwertgefühl. Mit der geeigneten Unterstützung ist es möglich, an seinem Selbstwertgefühl zu arbeiten.

Die Widerstandskraft eines jeden Menschen unterscheidet sich ganz individuell. Während eine Person lange Zeit unversehrt bleiben kann, bekommt eine andere schon früher Probleme. Solange die Opfer von Mobbing und Hass nicht alleine sein müssen und es Menschen gibt, die ihnen zuhören und mit ihnen aktiv gegen Mobbing vorgehen, haben Opfer eine gute Chance. Mit einem gestärktem Selbstwertgefühl ist es möglich, die Täter zu ignorieren und geeignete rechtliche Schritte einzuleiten.

Die Steigerung des Selbstwertgefühls und das Erkennen der eigenen Stärken können helfen, sich gegen die Angriffe zu behaupten.

Wir Menschen haben einen ungeheuren Überlebenswillen. In unserer Verzweiflung versuchen wir alles, um den Tätern irgendwie klarzumachen, was sie da eigentlich tun. Der Versuch, den Spiegel vorzuhalten und das Verhalten der Täter zu spiegeln, ist nicht erfolgsversprechend. Automatisch macht man Dinge, die man sonst nicht tun würde, und begibt sich auf ein Niveau herab, welches man eigentlich gar nicht hat, nur um zu zeigen, wie verletzend das alles sein kann.

Wie automatisch geht man auf Behauptungen und Lügen ein. Man rechtfertigt sich für Dinge, die eigentlich keinen Außenstehenden etwas angehen. Die Wahrheit soll jeder wissen und damit soll auch den Tätern klargemacht werden, dass sie falsch liegen. Doch meistens ist es gar nicht entscheidend, was wahr oder falsch ist, denn die Täter werden immer bei ihrer eigenen Wahrheit bleiben.

Das Hamsterrad aus Lügen und Beleidigungen dreht sich weiter und besonders dann, wenn Mobbing aus einer Gruppe heraus ausgeführt wird, fällt es Mittätern oft sehr schwer, die Reißleine zu ziehen und sich zu distanzieren. Zu groß ist die Angst, selbst das nächste Opfer zu werden. Auch wir haben solche Entwicklungen mitbekommen, wenn Menschen sich von den Tätern distanzierten. Sie rückten dann selbst in das Interesse der Täter.

Viele Monate nach dem Ganzen kann ich sagen, dass es weder der richtige Weg ist, irgendein Verhalten zu spiegeln, noch sich für etwas zu rechtfertigen.

Wenn man sich als Opfer von Mobbing sieht, finde ich es absolut wichtig, sich einer Vertrauensperson zu öffnen und alles zu erzählen, was man erlebt. Diese Person kann auch dabei unterstützen, die geeigneten Maßnahmen und rechtlichen Schritte in die Wege zu leiten. Jede einzelne Aktion muss detailliert dokumentiert werden.

Den Tätern die Aufmerksamkeit zu geben, von der sie profitieren, ist nicht der richtige Weg, denn genau das ist es, was die Täter wollen. Sie fühlen sich wohl dabei, wenn sie für ihre Taten Aufmerksamkeit und Bestätigung erhalten. Dies ist oft ein Grund, wieso sie das alles machen.

Meine Familie und mich hat es sehr geprägt, was uns widerfahren ist und was wir erlebt haben. Es war eine schwere und harte Zeit, die uns viel abverlangt hat. Doch wir sind noch da und wir haben uns fest vorgenommen, zukünftig aktiv gegen jegliche Form von Mobbing und Hass vorzugehen.

Besonders Cybermobbing ist ein großes Problem unserer Gesellschaft, da viele Menschen versuchen, sich hinter erfundenen oder gestohlenen Identitäten zu verstecken.

Was auch immer Menschen dazu treibt, sich derart in das Leben einer anderen Person einzumischen, sie dürfen es niemals schaffen, sie zu zerstören.

Es gibt sie nicht, die klassischen Täter und auch nicht die typischen Opfer. Jede Situation ist unterschiedlich und alle Menschen sind einzigartig.

Opfer von Mobbing sind jedoch niemals selbst schuld.

Sie leben ihr Leben, kleiden sich, wie sie es möchten, und schon dies kann für einige Menschen Anlass sein, eine Person zu diskreditieren und seelisch zu verletzen.

Mobbing kann für die Betroffenen schwerwiegende Probleme und Auswirkungen haben. Wie viele Menschen wurden dadurch ernsthaft krank oder haben ihr Leben beendet, weil sie keinen anderen Ausweg aus den täglichen Angriffen gesehen haben?

Jedes einzelne Kind, jede einzelne Frau und jeder einzelne Mann ohne Perspektive, dass ihnen geholfen wird, ist ein Mensch zu viel, der sich alleingelassen fühlt.

Wir dürfen als Gesellschaft nicht unsere Augen verschließen und sollten für andere Menschen ein offenes Ohr haben.

Denn: Mobbing darf niemals gewinnen!

# Persönliche Worte an Opfer von Mobbing

Zögern Sie bitte nicht, sich Menschen anzuvertrauen, wenn Sie oder ein Familienmitglied Opfer von Mobbing sind.

Gehen Sie zu geeigneten Stellen, die Sie unterstützen können. Sprechen Sie mit der Polizei über die Vorfälle.

Dokumentieren Sie alle Vorkommnisse und erstatten Sie Anzeige.

Falls Sie gesundheitliche Auswirkungen bemerken, gehen Sie zu einem Arzt oder Psychiater und sprechen Sie offen über Ihre Situation.

Sie sind nicht alleine und es gibt Menschen, die Ihnen helfen können.

Nehmen Sie bitte Hilfe an.

Einige Hilfsangebote finden Sie nachfolgend in diesem Buch und in zahlreicher Form im Internet.

# Persönliche Worte an Täter von Mobbing

Welches Recht nehmen Sie sich heraus, andere Menschen zu diskreditieren?

Was haben Sie davon, wenn es anderen Menschen schlecht geht?

Sie müssen sich nicht an Mobbing gegen andere Menschen beteiligen.

Suchen Sie geeignete Hilfsangebote, die Sie dabei unterstützen können, die Ursachen zu erkennen, weshalb Sie Mobbing betreiben. Sie können Ihnen dabei helfen, damit aufzuhören.

Sie sind nicht stärker, weil Sie andere Menschen beleidigen oder Lügen über sie verbreiten. Im Gegenteil.

Es gibt immer einen Weg, die Gruppe zu verlassen und sich zu distanzieren.

# Hilfe bei Mobbing

Benötigen Sie Hilfe bei Mobbing, Hass und Hetze?

Sie finden nachfolgend einige wichtige Anlaufstellen und Telefonnummern, unter denen Sie Hilfe erhalten.

„Nummer gegen Kummer" für Kinder und Jugendliche:

116 111

„Nummer gegen Kummer" Elterntelefon:

0800 111 0 550

Telefonseelsorge:

0800 111 0 111 oder 0800 111 0 222

Info-Telefon bei Depressionen:

0800 334 4533

Malteser Mobbing Hilfe:

https://www.malteser.de/aware/hilfreich/mobbing-hilfe-fuer-betroffene.html

Weisser Ring:

https://weisser-ring.de/mobbing

# Persönliche Worte an die „Kritiker"

Ach ja, nachdem ich mich ganz persönlich an die Opfer, aber auch an die Täter von Mobbing gewendet habe, hier zum Schluss noch ein paar persönliche Worte an unsere „Kritiker" und „Hater".

Selbstverständlich werdet ihr dieses Buch gelesen haben und auch dazu wieder einzelne Bewertungen schreiben. Damit kann ich leben.

Ich habe dieses Buch nicht nur authentisch, sondern insbesondere auch selbstkritisch geschrieben, weil ich mir bewusst bin, dass wir auch nicht immer alles richtig gemacht haben. Nun wäre es vielleicht auch einmal an der Zeit, dass ihr, die „Kritiker" und „Hater", euch selbstkritisch fragen solltet, wohin diese ganzen Aktivitäten noch führen sollen.

Dieses Buch schließt ein Kapitel im Leben meiner Familie, das schmerzhaft und kräftezehrend war. Es war ein Kapitel, auf das wir gerne verzichtet hätten, aber aus dem wir auch viel gelernt haben.

#mobbingdarfniemalsgewinnen